日本近代文學選 I

林榮一 編註

鴻儒堂出版社發行

前言

在國內能讀到日本文學作品實在有限，大概只有芥川龍之介和川端康成等的作品而已，其他作家的作品，可以說很少看到。因此，譯者今後將陸續選譯出版「明治、大正、昭和」三個時代，近百年以來，日本文壇上風格、技巧各有特色的各個流派，具有代表性的作家，選出他們的代表作品來翻譯介紹。儘量以短編爲主，可是，有些作家的代表作品，主要表現在長編方面，就只好選長編。而所選的作品，都是日本現在一般學校必讀的文選，所以可以說是稍具有日文基礎者的最佳閱讀材料。

本書爲了忠於原文，爲了學習日文者方便起見，大都採直譯方式，難於直譯處才加以意譯，文句均未加修飾，因此讀起來或許會有生硬之處。

本書匆促付印，且譯者才疏學淺，錯誤之處在所難兎冀希前輩先進不吝指正是禱

林榮一　謹識

目録

羅生門《らしょうもん》

芥川竜之介《あくたがわりゅうのすけ》

ある日《ひ》の暮《く》れがたのことである。ひとりの下人《げにん》が、①羅生門《らしょうもん》の下《した》で雨《あま》やみを待《ま》っていた。

広《ひろ》い門《もん》の下《した》には、この男《おとこ》のほかにだれもいない。ただ、②ところどころ円塗《にぬ》りのはげた、大《おお》きな丸《まる》柱《ばしら》に、③きりぎりすが一《いっ》ぴきとまっている。羅生《らしょう》門《もん》が、朱雀大路《すざくおおじ》にあるいじょうは、この男《おとこ》のほかにも、雨《あま》やみをする④市女笠《いちめがさ》や⑤揉烏帽子《もみえぼうし》が、もう二《に》、三人《さんにん》はありそうなものである。それがこの男《おとこ》のほかにはだれもいない。

なぜかというと、この二《に》、三年《さんねん》、京都《きょうと》には、地《じ》震《しん》とか辻風《つじかぜ》とか火事《かじ》とか飢饉《ききん》とかいう災《わざわ》いがつづいておこった。そこで洛中《らくちゅう》のさびれかたはひととおりではない。旧記《きゅうき》によると、仏像《ぶつぞう》や仏具《ぶつぐ》を打《う》ち

羅生門

芥川龍之芥

某日黃昏的事情，有個僕人在羅生門下等著雨停。

廣闊的城門下，除了這個男人以外沒有任何人。只有在處處朱漆剝落的大圓柱上停着一隻蟋蟀。羅生門既然在朱雀大路上，因此除了這個男人以外，總還應該有二、三個避雨的戴市女笠或軟烏紗帽子的人才對。然而，除了這個人之外卻沒有任何人。

爲什麼呢？那是因爲這二、三年來，京都連續發生了地震、旋風、火災、饑饉等災難。因此京都城內的荒涼是非同小可了。根據舊記，曾有人打碎佛像和佛具，把那塗著朱漆的，或帶著金銀箔片的

くだいて、その丹《に》がついたり、金銀《きんぎん》の箔《はく》がついたりした木《き》を、道《みち》ばたにつみかさねて、たきぎの料《しろ》に売《う》っていたということである。洛中《らくちゅう》がその始末《しまつ》であるから、羅生門《らしょうもん》の修理《しゅうり》などは、もとよりだれもすててかえりみるものがなかった。するとその荒《あ》れはてたのをよいことにして、狐狸《こり》がすむ。盗人《ぬすびと》がすむ。とうとうしまいには、引《ひ》き取《と》り手《て》のない死人《しにん》を、この門《もん》へ持《も》ってきて、すてていくという習慣《しゅうかん》さえできた。そこで、日《ひ》の目《め》が見《み》えなくなると、だれでも気味《きみ》をわるがって、この門《もん》の近所《きんじょ》へは足《あし》ぶみをしないことになってしまったのである。

そのかわり、またからすがどこからか、たくさん集《あつ》まってきた。昼間《ひるま》見《み》ると、そのからすがなんばとなく輪《わ》をえがいて、高《たか》い鴟尾《しび》のまわりを鳴《な》き

木頭堆積在路旁，當作柴火賣的。京城既已落到這個地步，羅生門的修理之事，當然也就沒有人去過問了。這麼一來，趁著荒涼的時機，狐狸棲息，盜賊藏身。終於在最後，連把沒有人認領的屍體也被拖到這個城門來拋棄的習慣也產生了。因此，太陽一下山，誰都會覺得恐怖，而不敢到這個城門的附近走動了。

相反的，又不知從哪裏來了很多的烏鴉聚集在一起。在白天看，那些烏鴉不知有多少隻在繞著圓圈，圍著高高的鴟尾四周一邊叫一邊盤旋著。尤其

ながら、飛《と》びまわっている。ことに門《もん》の上《うえ》の空《そら》が、夕焼《ゆうや》けであかくなるときには、それがごまを⑥まいたようにはっきり見《み》えた。からすは、もちろん、門《もん》の上《うえ》にある死人《しにん》の肉《にく》を、⑦ついばみにくるのである。—もっともきょうは、刻限《こくげん》がおそいせいか、一《いち》わも見《み》えない。ただところどころ、くずれかかった、そうしてそのくずれめに長《なが》い草《くさ》のはえた石《いし》段《だん》の上《うえ》に、からすのふんが、点《てん》てんと白くこびりついているのが見える。下人《げにん》は七段《ななだん》ある石段《いしだん》のいちばん上《うえ》の段《だん》に、洗《あら》いざらした紺《こん》の襖《あお》のしりをすえて、右《みぎ》のほおにできた、大《おお》きなにきびを気《き》にしながら、ぼんやり、雨《あめ》のふるのをながめていた。

作者《さくしゃ》はさっき、「下人《げにん》が雨《あま》やみを待《ま》っていた」と書《か》いた。しかし、下人《げにん》は雨《あめ》がやんでも、かくべつどうしようというあてはない。ふだんなら、も

，當城門的上空因晚霞映得通紅的時候，那就像撒下芝麻似的看得清清楚楚。烏鴉當然是爲了啄食城門上的死人的肉而來的。—然而在今天，也許是時刻晚了的緣故吧，一隻也沒有看見。看到的只是到處正崩裂，並且在裂縫中間長著長草的石階上，烏鴉的糞便點點的，白白的黏在上面。僕人在七級石階最上面的一階，穿著褪了色的藏青色短褂坐在那兒。一邊介意著長在右頰上大大的青春痘，一邊呆呆地望著雨落下來。

作者剛才寫了「僕人在等著雨停。」但是，僕人卽使在雨停了，也沒有什麼特別的打算。如果在平時的話，當然是應該回到主人的家裏。可是，他

ちろん、主人《しゅじん》の家《うち》へ帰《かえ》るべきはずである。ところがその主人《しゅじん》からは、四《し》、五日《ごにち》まえに⑧ひまをだされた。まえにも書《か》いたように、当時京都《とうじきょうと》の町《まち》はひととおりならず衰微《すいび》していた。いまこの下人《げにん》が、長年《ながねん》、使《つか》われていた主人《しゅじん》から、ひまをだされたのも、じつはこの衰微《すいび》の小《ちい》さな余波《よは》にほかならない。だから「下人《げにん》が雨《あま》やみを待《ま》っていた」というよりも「雨《あめ》にふりこめられた下人《げにん》が、いきどころがなくて、⑨とほうにくれていた」というほうが、適《てき》当《とう》である。そのうえ、きょうの空《そら》もようも⑩すくなからず、この平安朝《へいあんちょう》の下人《げにん》の⑪Sentimentalism《サンチマンタリスム》に影響《えいきょう》した。⑫申《さる》の刻下《こくさ》がりからふりだした雨《あめ》は、いまだにあがるけしきがない。そこで、下人は、なにをおいてもさしあたりあすの暮《く》らしをどうにかしようとして―いわばどうにもならないことを、

在四、五天前已被主人解僱了。一如在前面所寫的那樣，當時京都的街道非常地荒涼。如今這個僕人被多年僱用他的主人解僱，事實上只不過是這個衰微中小小的餘波罷了。因此與其說「僕人在等著雨停」，倒不如說「被雨困住的僕人沒地方可去而想不出辦法」來得恰當些。而且今天的天色也給這個平安朝的僕人，那種多愁善感的情緒帶來了很大的影響。從下午四時下起來的雨現在仍然沒有停的樣子。於是僕人想不管如何明天的生活總得想個辦法—也就是說要對無可奈何的事，想個辦法。他一邊不得要領的想著，一邊心不在焉地聽著落在朱雀大路的雨聲。

どうにかしようとして、⑬とりとめもない考《かんが》えをたどりながら、さっきから朱雀大路《すざくおおじ》にふる雨《あめ》の音《おと》を、聞《き》くともなく聞《き》いていたのである。

雨《あめ》は、羅生門《らしょうもん》をつつんで、遠《とお》くから、ざあっという音《おと》を集《あつ》めてくる。⑭ゆうやみはしだいに空《そら》を低《ひく》くして、見《み》あげると、門《もん》の屋根《やね》が、ななめにつきだした甍《いらか》のさきに、おもたくうす暗《ぐら》い雲《くも》を⑮ささえている。

どうにもならないことを、どうにかするためには、手段《しゅだん》をえらんでいる⑯いとまはない。えらんでいれば、築土《ついじ》の下《した》か、道《みち》ばたの土《つち》の上《うえ》で、うえ死《じ》にをするばかりである。そうして、この門《もん》の上《うえ》へ持《も》ってきて、犬《いぬ》のようにすてられてしまうばかりである。えらばないとすれば―下人《げにん》の考《かんが》えは、なんどもおなじ道《みち》を低回《ていかい》したあげくに、やっとこ

雨包圍著羅生門，從遠處嘩啦嘩啦的發著聲音集攏過來。薄暮壓低了天空，仰頭看，門頂上斜斜突出去的屋頂瓦的前端支撐著沉重的微暗的雲層。

為了使無可奈何的事有個解決辦法，就沒有時間去考慮選擇手段。如選擇的話，就只有在牆脚下或路旁邊餓死。然後被拖到這個城門上像狗似的拋棄罷了。如果不選擇的話―僕人的想法好幾次徘徊於同樣的路線，好不容易才到達這個結果。然而這個「如果」永遠不採取行動，不管到什麼時候，結果還是「如果」而已。僕人雖然決定要不擇手段了

の局所《きょくしょ》へ逢着《ほうちゃく》した。しかしこの「すれば」は、いつまでたっても、けっきょく「すれば」であった。下人《げにん》は、手段《しゅだん》をえらばないということを肯定《こうてい》しながらも、この「すれば」のかたをつけるために、とうぜん、そののちにきたるべき「盗人《ぬすびと》になるよりほかにしかたがない」ということを、積極的《せっきょくてき》に肯定《こうてい》するだけの、勇気《ゆうき》がでずにいたのである。

下人《げにん》は、大《おお》きなくさめをして、それから、⑰たいぎそうに立ちあがった。ゆうびえのする京都《きょうと》は、もう火桶《ひおけ》がほしいほどの寒《さむ》さである。風《かぜ》は門《もん》の柱《はしら》と柱《はしら》とのあいだを、ゆうやみとともに遠慮《えんりょ》なく、吹《ふ》きぬける。丹塗《にぬ》りの柱《はしら》にとまっていたきりぎりすも、もうどこかへいってしまった。

下人《げにん》は、首《くび》をちぢめながら、山吹《やまぶき》の汗衫《かさみ》にかさねた、紺《こん》の襖《あお》の肩《かた》を高《たか》くして門《もん》のまわりを見《み》まわ

，然而為解決這「如果」，當然，隨之而來的便是「除了當盜賊外，別無他法」的事情。只是他卻提不起積極地肯定它的勇氣。

僕人打了一個大噴嚏，然後，疲倦地站起來。黃昏的京都，已經冷得差不多需要火爐了。風從門的柱子中間跟著薄暮一起，肆無忌憚地一直颳過去。在朱漆柱子上停著的蟋蟀也已不知到哪裡去了。

僕人縮著脖子，高高聳起在黃色汗衫外面套著藏青色的短褂的肩頭，環視著門的四周。因為他想

した。雨風《ふうう》の⑱うれえのない、人目《ひとめ》にかかるおそれのない、ひと晩《ばん》らくにねられそうなところがあれば、そこでともかくも、夜を明《あ》かそうと思《おも》ったからである。すると、さいわい門《もん》の上《うえ》の楼《ろう》へあがる、はばの広《ひろ》い、これも丹《に》を塗《ぬ》ったはしごが目《め》についた。上《うえ》なら、人《ひと》がいたにしても、どうせ死人《しにん》ばかりである。下人《げにん》はそこで、腰《こし》にさげた聖柄《ひじりづか》の太刀《たち》が⑲さやばしらないように気《き》をつけながら、わらぞうりをはいた足《あし》を、そのはしごのいちばん下《した》の段《だん》へふみかけた。

それから、なん分《ぷん》かののちである。羅生門《らしょうもん》の楼《ろう》の上《うえ》へでる、はばの広《ひろ》いはしごの中段《ちゅうだん》に、ひとりの男《おとこ》が、ねこのように身《み》をちぢめて、⑳息《いき》を殺《ころ》しながら、上《うえ》のようすをうかがっていた。楼《ろう》の上《うえ》からさす火《ひ》の光《ひかり》が、かすかに、その男《おとこ》の右《みぎ》のほおを

只要有個不愁風雨，不怕被人發現而能舒服地睡上一晚的地方，好歹就可以過一夜了。這時，他正好看到了登上門樓的那個，幅度很寬廣的，也塗著朱漆的樓梯。在那上面，即使有人，反正都是死人而已。於是僕人留意著不讓佩在腰際的大刀出鞘，用穿著草鞋的脚踏上那樓梯的最下一階。

幾分鐘之後，在登上羅生門城樓上，寬廣的樓梯的中段，有一個男人像貓似的縮著身子，摒著氣息，窺伺著上面的情況。從城樓上投射下來的火光朦朧地照出這個男人的右頰。那是短鬚中有著紅腫化膿的青春痘的臉頰。

ぬらしている。短《みじか》いひげのなかに、赤《あか》く㉑うみを持《も》った㉒にきびのあるほおである。

下人《げにん》は、はじめから、この上《うえ》にいるものは、死《し》人《にん》ばかりだと㉓たかをくっていた。それが、はしごを二《に》、三段《さんだん》あがってみると、上《うえ》ではだれか火《ひ》をとぼして、しかもその火《ひ》をそこここと動《うご》かしているらしい。これは、そのにごった、黄《き》いろい光《ひかり》が、すみずみにくもの巣《す》をかけた㉔天《てん》じょううらに、ゆれながらうつったので、すぐにそれと知《し》れたのである。この雨《あめ》の夜《よ》に、この羅生門《らしょうもん》の上《うえ》で、火《ひ》をともしているからは、どうせただのものではない。

下人《げにん》は、㉕やもりのように足音《あしおと》をぬすんで、やっときゅうなはしごを、いちばん上の段《だん》まで㉖はうようにしてのぼりつめた。そうしてからだをで

僕人自始就認爲在這上面都是死人，沒有什麼了不起，可是，爬了二、三階樓梯後一看，在上面不知什麼人點著火，而且好像把火這裡那裡的移動著。這是因爲那昏濁的黃色的火光搖晃地映在各個角落掛著蜘蛛網的天花板上，就立刻明白的。既然在這雨夜裡，在這羅生門上面點著火，反正不會是普通人的。

僕人像壁虎似地躡著脚，好不容易爬上很陡的樓梯最上面的一階，而儘量地平伏著身子，儘可能地向前伸長了脖子，戰戰兢兢地向城樓內窺伺。

きるだけ、たいらにしながら、首《くび》をできるだけ、前《まえ》へだして、おそるおそる、楼《ろう》の内《うち》をのぞいてみた。

見《み》ると、楼《ろう》の内《うち》には、うわさに聞《き》いたとおり、いくつかの死骸《しがい》が、㉗むぞうさにすててあるが、火《ひ》の光《ひかり》のおよぶ範囲《はんい》が、思《おも》ったよりせまいので、数《かず》はいくつともわからない。ただ、㉘おぼろげながら、知《し》れるのは、そのなかに裸《はだか》の死骸《しがい》と、着物《きもの》をきた死骸《しがい》とがあるということである。もちろん、なかには女《おんな》も男《おとこ》もまじっているらしい。そうして、その死骸《しがい》はみな、それが、かつて、生《い》きていた人《にん》間《げん》だという事実《じじつ》さえ㉙うたがわれるほど、土をこねてつくった人形《にんぎょう》のように、口《くち》をあいたり手《て》をのばしたりして、㉚ごろごろ床《ゆか》の上《うえ》にころがっていた。しかも、肩《かた》とか胸《むね》とかの高《たか》くなっている部分《ぶぶん》

一看，城樓內正如傳聞所說的那樣，有好幾具屍體隨便地丢棄著。但是，因爲火光所及的範圍比自己想像的狹小，所以無法看到屍體有多少？只是模模糊糊地看到，裏面有赤身裸露的屍體和穿著衣服的屍體。當然，其中好像男女都混雜著。而那些屍體使人不禁懷疑他們是否確曾活過，都像土揑的泥人般，有的張著嘴，有的伸著手，橫七豎八地躺在地板上。而且，在肩膀或胸部高聳的部份承受著朦朧的火光，而使低凹部分的暗影更加昏暗，像啞吧似地永遠沉默著。

に、ぼんやりした火《ひ》の光《ひかり》をうけて、低《ひく》くなっている部分《ぶぶん》の影《かげ》をいっそう暗《くら》くしながら、永久《えいきゅう》におしのごとくだまっていた。

下人《げにん》は、それらの死骸《しがい》の腐乱《ふらん》した臭気《しゅうき》に思《おも》わず、鼻《はな》をおおった。しかし、その手《て》は、つぎの瞬間《しゅんかん》には、もう鼻《はな》をおおうことを忘《わす》れていた。ある強《つよ》い感情《かんじょう》が、ほとんど㉛ことごとくこの男《おとこ》の嗅覚《きゅうかく》を㉜うばってしまったからである。

下人《げにん》の目《め》は、そのとき、はじめてその死骸《しがい》のなかに㉝うずくまっている人間《にんげん》を見《み》た。桧皮色《ひわだいろ》の着《き》物《もの》をきた、背《せ》の低《ひく》い、やせた、しらが頭《あたま》の、さるのような老婆《ろうば》である。その老婆《ろうば》は、右《みぎ》の手《て》に火《ひ》をともした松の木《き》ぎれを持《も》って、その死骸《しがい》のひとつの顔《かお》をのぞきこむようにながめていた。髪《かみ》の毛《け》の長《なが》いところをみると、たぶん女の死骸《しがい》であろう。

僕人因那些屍體腐爛的臭氣，不由得掩住了鼻子。可是，那手在其次一瞬間，已經忘記要掩住鼻子。因爲有一種强烈的刺激，幾乎完全奪去了這個男人的嗅覺。

僕人的眼睛，這時才看見蹲在那些屍體中間的人。是個穿著檜皮色的衣服，身材矮小，瘦弱，白髮像猴子似的老太婆。那老太婆右手拿著燃燒著的松木片，好像在仔細地盯看着一具屍體的臉孔。從那長長的頭髮上看，大概是個女的屍體吧！

下人《げにん》は、六分《ろくぶ》の恐怖《きょうふ》と四分《よんぶん》の好奇心《こうきしん》とに動《うご》かされて、暫時《ざんじ》は息《いき》をするのさえ忘《わす》れていた。旧記《きゅうき》の記者《きしゃ》の語《かた》りをかりれば、「頭身《とうしん》の毛《け》もふとる」ように感《かん》じたのである。すると老婆《ろうば》は、松《まつ》の木《き》ぎれを、床板《ゆかいた》のあいだにさして、それから、いままでながめていた死骸《しがい》の首《くび》に両手《りょうて》をかけると、ちょうど、さるの親《おや》がさるの子《こ》のしらみをとるように、その長《なが》い髪《かみ》の毛を一本《いっぽん》ずつぬきはじめた。髪《かみ》は手《て》に㉞したがってぬけるらしい。

その髪《かみ》の毛《け》が、一本《いっぽん》ずつぬけるのにしたがって、下人の心からは、恐怖《きょうふ》がすこしずつ消《き》えていった。そうして、それと同時《どうじ》に、この老婆《ろうば》にたいするはげしい憎悪《ぞうお》が、すこしずつ動《うご》いてきた。—いや、この老婆《ろうば》にたいするといっては、語弊《ごへい》があるかもしれない。むしろ、あらゆる悪《あく》にたいする反感《はんかん》が、一《いっ》

僕人被六分恐怖和四分好奇心所驅使，暫時連呼吸都忘了。借用舊記作者的話說，就像毛骨悚然的感覺。這時，老太婆把松木片揷在地板縫裏，然後，向剛才盯看著的屍體的頭，伸出兩手，恰似母猴給小猴子捉蝨子那樣，開始把長長的頭髮一根根的拔起來。頭髮像隨手而掉下來似的。

隨著頭髮一根根的掉落，恐怖從僕人的心一點一滴的消失了。同時對這老太婆强烈的憎惡也隨之一點一點地增長起來—不，說是對這位老太婆，也許有些語病吧！毋寧說在不斷地增强對一切罪惡的反感，這時候，若有什麼人對這個僕人重新提出剛才在門下他自己想過的，是餓死呢？還是做强盜的那個

分《ぶん》ごとに強《つよ》さをましてきたのである。このとき、だれかがこの下人《げにん》に、さっき門《もん》の下《した》でこの男《おとこ》が考《かんが》えていた、うえ死《じ》にをするか盗人《ぬすびと》になるかという問題《もんだい》を、あらためて持《も》ちだしたら、おそらく下人《げにん》は、なんの未練《みれん》もなく、うえ死《し》にをえらんだことであろう。それほど、この男《おとこ》の悪《あく》をにくむ心《こころ》は、老婆《ろうば》の床《ゆか》にさした松《まつ》の木《き》ぎれのように、勢《いきお》いよく燃《も》えあがりだしていたのである。

下人《げにん》には、もちろん、なぜ老婆《ろうば》が死人《しにん》の髪《かみ》の毛《け》をぬくかわからなかった。したがって、合理的《ごうりてき》には、それを善悪《ぜんあく》のいずれにかたづけてよいか知《し》らなかった。しかし下人《げにん》にとっては、この雨《あめ》の夜《よ》に、この羅生門《らしょうもん》の上《うえ》で、死人《しにん》の髪《かみ》の毛《け》をぬくということが、それだけですでに許《ゆる》すべからざる悪《あく》であった。もちろん、下人《げにん》は、さっきまで自分《じぶん》が、盗人《ぬすびと》

問題，恐怕僕人會毫不遲疑的選擇餓死吧！像這樣地，這個男人憎恨惡的心，有如老太婆插在地板上的松木片似的熊熊地燃燒起來了。

僕人當然不了解爲什麼老太婆要拔死人的頭髮。因此，從「合理性」來說，他也不知道這到底是應該屬於善還是屬於惡。可是對僕人而言，在這雨夜裏，在這羅生門上，拔死人頭髮的事，是絕對不能寬恕的罪惡了。當然，僕人自己剛才打算要當强盜的事早就忘了。

になる気《き》でいたことなぞは、とうに忘《わす》れていたのである。

そこで、下人《げにん》は、両足《りょうあし》に力《ちから》をいれて、いきなり、はしごから上《うえ》へとびあがった。そうして聖柄《ひじりづか》の太《た》刀《ち》に手《て》をかけながら、大《おお》またに老婆《ろうば》の前《まえ》へ㉟あゆみよった。老婆《ろうば》がおどろいたのは㊱いうまでもない。

老婆《ろうば》はひと目《め》下人を見《み》ると、まるで石弓《いしゆみ》にでもはじかれたように、とびあがった。

「おのれ、どこへいく。」

下人《げにん》は、老婆《ろうば》が死骸《しがい》に㊲つまずきながら、あわてふためいて逃《に》げようとするゆくてを㊳ふさいで、こうののしった。老婆《ろうば》は、それでも下人《げにん》を㊴つきのけてゆこうとする。下人はまた、それをいかすまいとして、押《お》しもどす。ふたりは死骸《しがい》のなかで、

於是，僕人兩脚用力，突然，從樓梯一躍而上，而且手握木柄大刀，大步向老太婆面前接近。不用說老太婆吃了一驚。

老太婆一看到僕人，宛如被强弩彈中似的跳了起來。

「你這傢伙，往哪裏跑！」

老太婆跌倒在屍體中間，慌慌張張地想要逃跑，僕人擋住了她的去路，這樣罵著。儘管這樣，老太婆仍想推開僕人逃走，僕人又把她推回來。兩人在屍體中，無言的扭打了一會兒。但是，勝敗在一開始便知道了。僕人終於抓住老太婆的手腕，硬將

しばらく、無言《むごん》のまま、つかみあった。しかし勝敗《しょうはい》は、はじめからわかっている。下人はとうとう、老婆《ろうば》の腕《うで》をつかんで、むりにそこへねじ倒《たお》した。ちょうど、にわとりの足のような、骨《ほね》と皮《かわ》ばかりの腕《うで》である。

「なにをしていた。いえ。いわぬと、これだぞよ。」

下人《げにん》は、老婆《ろうば》をつきはなすと、いきなり、太刀《たち》のさやをはらって、白《しろ》いはがねの色《いろ》をその目《め》の前《まえ》へつきつけた。けれども、老婆《ろうば》はだまっている。両手《りょうて》をわなわなふるわせて、肩《かた》で息《いき》を切りながら、目を、目玉《めだま》がまぶたのそとへでそうになるほど、見ひらいて、おしのように⑩しゅうねくだまっている。

これを見ると、下人《げにん》ははじめて明白《めいはく》にこの老婆《ろうば》

她扭倒在那兒。那是像雞脚似的，只有骨和皮的手腕。

「你在幹什麼！說。不說的話，看這個！」

僕人推開老太婆，突然拔出大刀的刀鞘，把白色鋼刀橫在她眼前。然而，老太婆默默不語。雙手發抖，急促地喘著氣，兩眼睜得眼球像要從眼眶掉出來似的，像啞吧一樣執拗的默不作聲。

看到這，僕人才明確意識到這個老太婆的生死

の生死《せいし》が、ぜんぜん、自分《じぶん》の意志《いし》に支配《しはい》されているということを意識《いしき》した。そうしてこの意識《いしき》は、いままでけわしく燃《も》えていた憎悪《ぞうお》の心《こころ》を、いつのまにかさましてしまった。あとに残《のこ》ったのは、ただ、ある仕事《しごと》をして、それが円満《えんまん》に成就《じょうじゅ》したときの、やすらかな得意《とくい》と満足《まんぞく》とがあるばかりである。そこで、下人《げにん》は、老婆《ろうば》を見《み》おろしながら、すこし声《こえ》をやわらげてこういった。

「おれは㊶検非違使《けびいし》の庁《ちょう》の役人《やくにん》などではない。いましがたこの門《もん》の下《した》を通《とお》りかかった旅《たび》のものだ。だからおまえになわをかけて、どうしようというようなことはない。ただ、いま時分《じぶん》この門《もん》の上《うえ》で、なにをしていたのだか、それをおれに話《はな》しさえすればいいのだ。」

すると老婆《ろうば》は、見《み》ひらいていた目《め》を、いっそう

完全被自己的意志所支配著。而這種意識，不知什麼時候把方才猛烈燃燒起來的憎惡心，冷却下來。剩下的只是：做某種工作而圓滿告成時的安謐的得意和滿足而已。於是，僕人俯視著老太婆，稍把聲音放柔和的說：

「我不是檢非違使衙門裏的官吏，是剛才走過這門下的過路人。因此並不是要把你捉起來做什麼的。只要告訴我，這時刻在這城門上幹什麼就行了。」

這麼一來，老太婆把睜大的眼睛張得更大，目

大《おお》きくして、じっとその下人《げにん》の顔《かお》を見《み》まもった。まぶたの赤《あか》くなった、肉食鳥《にくしょくちょう》のような、するどい目《め》で見《み》たのである。それから、しわで、ほとんど、鼻《はな》とひとつになったくちびるを、なにかものでもかんでいるように動《うご》かした。細《ほそ》いのどで、とがったのど仏《ほとけ》の動《うご》いているのが見《み》える。そのとき、そののどから、からすの鳴《な》くような声《こえ》が、あえぎあえぎ、下人の耳《みみ》へつたわってきた。

「この髪《かみ》をぬいてな、この髪《かみ》をぬいてな、㊷かずらにしようと思《おも》うたのじゃ。」

下人《げにん》は、老婆《ろうば》の答《こた》えが㊸ぞんがい、平凡《へいぼん》なのに失望《しつぼう》した。そうして失望《しつぼう》すると同時《どうじ》に、またまえの憎悪《ぞうお》が、ひややかな侮蔑《ぶべつ》といっしょに、心《こころ》のなかへはいってきた。すると、そのけしきが、先方《せんぽう》へも通《つう》じたのであろう。老婆《ろうば》は、片手《かたて》に、まだ死《し》

不轉睛地盯著那個僕人的臉，用發紅的眼，像肉食鳥似的銳利的眼光看著他。然後，把皺得幾乎要和鼻子連在一塊的嘴唇，像嚼著什麼似的蠕動著。因為咽喉細以致於可以看到尖尖的喉核在動著。那時，斷斷續續地從那喉嚨裏發出像烏鴉的叫聲傳入僕人的耳裏。

「拔這頭髮嘛，拔這頭髮嘛，想做假髮呀！」

僕人對老太婆的回答出乎意外的平凡而感到失望。而在失望的同時，剛才的憎惡和冷冷的蔑視又一起湧上心頭，這時，對方也似乎察覺了那神色了吧！老太婆一隻手還拿著從屍體頭上拔下的頭髮，用像蟾蜍嘟喃的聲音，結結巴巴的這麼說：

骸《がい》の頭《あたま》からうばった長《なが》いぬけ毛を持《も》ったなり、㊹蟇《ひき》の㊺つぶやくような声《こえ》で、㊻口《くち》ごもりながら、こんなことをいった。

「なるほどな、死人《しびと》の髪《かみ》の毛《け》をぬくということは、なんぼうわるいことかもしれぬ。じゃが、ここにいる死人《しびと》どもは、みな、そのくらいなことを、されてもいい人間《にんげん》ばかりだぞよ。現在《げんざい》、わしがいま、髪をぬいた女などはな、へびを四寸《すん》ばかりずつに切《き》ってほしたのを、干《ほ》し魚《うお》だというて、㊼太《た》刀帯《てわき》の陣《じん》へ売《う》りにいんだわ。疫病《えやみ》にかかって死《し》ななんだら、いまでも売《う》りにいんでいたことであろ。それもよ、この女《おんな》の売《う》る干《ほ》し魚《うお》は、味《あじ》がよいというて、太刀帯《たてわき》どもが、かかさず菜料《さいりょう》に買《か》っていたそうな。わしは、この女《おんな》のしたことがわるいとは思《おも》うていぬ。せねば、うえ死《じ》にをするのじゃて、

「的確，拔死人頭髮這件事，也許是缺德的事。可是，對這裡的死人們這麼做，那倒也活該。現在，我剛才拔掉頭髮的女人，把蛇切成大約四寸，曬乾了拿到春宮坊的侍衞房去當魚乾賣呢！要不是得了疫病死了的話，現在還在賣吧！盡管這樣，還說這女人賣的魚乾味道好，那些太刀帶的還把它當成不可缺少的菜料來買呢！我不認爲這女人做的是壞事。要是不做，就得餓死，沒辦法才做的吧！因此，如今我也不覺得我做的是壞事呀！這也是要是不做就會餓死，那是不得已的事呀！所以，這女人對我不得已而做這一點是很了解的，大概也會饒恕我做的事吧！」

しかたがなくしたことであろ。されば、いままた、わしのしていたこともわるいこととは思《おも》わぬぞよ。これとてもやはりせねば、うえ死《し》にをするじゃて、しかたがなくすることじゃわいの。じゃて、そのしかたがないことを、よく知《し》っていたこの女《おんな》は、おおかたわしのすることも大目《おおめ》に見《み》てくれるであろ。」

老婆《ろうば》は、だいたいこんな意味《いみ》のことをいった。

下人《げにん》は、太刀《たち》をさやに㊽おさめて、その太刀《たち》の柄《つか》を左《ひだり》の手《て》でおさえながら、冷然《れいぜん》として、この話《はなし》を聞《き》いていた。もちろん、右《みぎ》の手《て》では、赤《あか》くほおにうみを持《も》った大《おお》きなにきびを気《き》にしながら、聞《き》いているのである。しかし、これを聞《き》いているうちに、下人《げにん》の心《こころ》には、ある勇気《ゆうき》が生《う》まれてきた。それは、さっき門《もん》の下《した》で、この男《おとこ》には㊾かけてい

老太婆說了大概是這些意思的話。

僕人把大刀插進刀鞘，一邊用左手按著大刀柄，一邊冷冷地聽著這些話。當然，右手是一邊在意地摸著紅面頰上化膿的大大的青春痘一邊聽著的。但是,在聽著聽著的時候,僕人的心中產生了一種勇氣來。那是剛剛在城門下，這個男人所缺乏的勇氣。而且，和剛才登上這個城門上，抓住這老太婆時的勇氣是完全相反的方向發展的一種勇氣。僕人不

た勇気《ゆうき》である。そうして、またさっきこの門《もん》の上《うえ》へあがって、この老婆《ろうば》をとらえたときの勇気《ゆうき》とは、ぜんぜん、反対《はんたい》な方向《ほうこう》に動《うご》こうとする勇気《ゆうき》である。下人《げにん》は、うえ死《じ》にをするか盗人《ぬすびと》になるかに、(50)まよわなかったばかりではない。そのときのこの男《おとこ》の心持《こころも》ちからいえば、うえ死《じ》になどということは、ほとんど、考《かんが》えることさえできないほど、意識《いしき》のそとに追《お》いだされていた。

「きっと、そうか。」

老婆《ろうば》の話がおわると、下人《げにん》は(51)あざけるような声《こえ》で(52)念《ねん》を押《お》した。そうして、ひと足《あし》まえへでると、ふいに右《みぎ》の手《て》をにきびからはなして、老婆《ろうば》のえり上《がみ》をつかみながら、かみつくようにこういった。

「では、おれが引剥《ひは》ぎをしようとうらむまいな。

僅不再迷惑於是餓死呢還是當強盜呢？以那個時候的這個男人的心情來說對於所謂的餓死，幾乎連考慮都不會考慮，而把它逐出意識之外了。

「確實如此嗎？」

老太婆的話一說完，僕人就用嘲弄似的聲音叮問著。而且，向前邁一步，突然地把右手從青春痘上放下來，抓住老太婆的衣領，咆哮似的說：

「那麼，我剝了你衣服，你也不怨恨吧！我也

おれもそうしなければ、うえ死《じ》にをするからだなのだ。」

下人《げにん》は、㊸すばやく、老婆《ろうば》の着物《きもの》をはぎとった。それから、足《あし》に㊹しがみつこうとする老婆《ろうば》を、㊺手荒《てあら》く死骸《しがい》の上《うえ》へけたおした。はしごの口《くち》までは、㊻わずかに五歩《ごほ》を数《かぞ》えるばかりである。下人《げにん》は、はぎとった桧皮色《ひわだいろ》の着物《きもの》をわきにかかえて、またたくまにきゅうなはしごを夜《よ》の底《そこ》へかけおりた。

しばらく、死《し》んだようにたおれていた老婆《ろうば》が、死骸《しがい》のなかから、その裸《はだか》のからだを㊼おこしたのは、それからまもなくのことである。老婆《ろうば》はつぶやくような、㊽うめくような声《こえ》を立《た》てながら、まだ燃《も》えている火《ひ》の光《ひかり》をたよりに、はしごの口《くち》まで、はっていった。そうして、そこから、短《みじか》い㊾しらがを㊿さかさまにして、門《もん》の下《した》をのぞきこんだ。

是不如此做就得餓死的人呀！」

僕人飛快地將老太婆的衣服剝掉。然後，把想要抱住他的脚的老太婆狠狠一脚踢倒在屍體上。到樓梯口，大概只有五步而已。僕人把剝下的檜皮色衣服挾在腋下，一轉眼工夫，順著很陡急的樓梯消失在黑暗中的夜裏了。

不久，好像昏死過去倒臥在那兒的老太婆，光著身體從屍體中間爬起來。老太婆一邊發出嘟喃，又像呻吟似的聲音，一邊藉著還在燃燒著的火光爬到樓梯口。然後，倒垂著短短的白髮，向門下邊望著。外面只是黑漆漆的夜。

そとには、ただ、黒洞々《こくとうとう》たる夜《よ》があるばかりである。

下人《げにん》の(61)ゆくえは、だれも知《し》らない。

（偕成社）

僕人的去向誰也不知道。

註釋：

1. 羅生門：爲「羅城門」之訛。西元八世紀末建立的日本平安京（京都）南面之正門和北面的朱雀門相對。
2. ところどころ：處處。這兒那兒。有些地方。
3. きりぎりす：蟋蟀。
4. 市女笠：平安朝中期以後商女所戴的一種晴雨兩用帽子。
5. 揉烏帽：軟烏紗帽。烏帽爲日本古代公卿、武士平時所戴的一種黑帽子，庶民則出門才戴。
6. まく：撒。
7. ついばむ：啄。
8. ひまをだされる：解僱。
9. とほうにくれる：想不出辦法。無路可走。
10. すくならず：很多、不少、不小、非常。
11. Sentimentalism：多愁善感。
12. 申：申時（午後四時）。
13. とりとめがない：不着邊際。
14. ゆうやみ：薄暮。
15. ささえる：支持、支撑。

16. いとま：閑暇、工夫。
17. たいぎ：厭倦、感覺吃力。
18. うれえ：憂愁、掛慮。
19. さやばしる：出鞘、脫鞘而出。
20. 息を殺す：屏息。
21. うみ：膿。
22. にきび：面皰。青春痘。
23. たかをくくる：瞧不起、輕視，認爲沒有什麼了不起。
24. てんじょう：天花板。
25. やもり：守宮（卽壁虎）。
26. はう：爬。
27. むぞうさ：隨隨便便、漫不經心、草率。
28. おぼろげ：模模糊糊、不清楚、不明確。
29. うたがわれる：被懷疑。
30. ごろごろ：（扔得）滿處都是。
31. ことごとく：所有、一切、全部。
32. うばう：奪、搶奪。
33. うずくまる：蹲。
34. したがう：跟隨。
35. あゆみよる：接近。
36. いうまでもない：不用說。
37. つまずく：絆倒。
38. ふさぐ：擋。
39. つきのける：推開、排擠。
40. しゅうねく：執拗。
41. 検非違使：平安時代的官名。擔任維持京師的治安，檢擧犯罪、審判犯人等。
42. かずら：假髮。
43. ぞんがい：意外

44. 蟇：蟾蜍。
45. つぶやく：嘟噥。
46. 口ごもる：結結巴巴地說、呑呑吐吐地說。
47. 太刀帶：官名。京都春宮坊的侍衞。
48. おさめる：納入、歸回原處。
49. かける：缺乏、不足。
50. まよう：迷、迷惑。
51. あざける：嘲笑、譏諷。
52. 念を押す：叮囑、叮問。
53. すばやい：飛快的、極快的、敏捷的。
54. しがみつく：緊緊抱住。
55. 手荒い：粗暴、粗魯。
56. わずか：僅、才。
57. おこす：使……立起。
58. うめく：呻吟、哼哼。
59. しらが：白髮。
60. さかさま：倒、逆。
61. ゆくえ：去向、行踪。

芥川竜之介

明治二十五年（一八九二年）～昭和二年（一九二七年）。小說家。東京都人。明治四十三年（一九一〇年）以成績優秀保送第一高等學校文科。大正元年（一九一二年）進入東京大學英文科。他和久米正雄、菊池寛、松岡譲等人發行第三次「新思潮」。大正五年（一九一六年）在第四次「新思潮」創刊號上發表「鼻」受到夏目漱石的讚賞而進入文壇。

芥川竜之介是最具有新現實主義特色的作家。他的作風可以用『理智的』一句話說盡。他突破了自然主義的客觀描寫，講究寫作技巧。典雅的語言，巧妙的布局，細膩的心理刻畫，含蓄的命題和機智幽默的情趣是其特色。

主要的作品有

「羅生門」（大正四年發表）　「鼻」・「芋粥」・「煙草と悪魔」（大正五年發表）　「戲作三昧」・「偸盗」（大正六年發表）　「奉教人の死」・「枯野抄」・「地獄変」・「蜘蛛の糸」（大正七年發表）　「蜜柑」・「きりしとほろ上人伝」（大正八年發表）　「杜子春」・「秋」・「南京の基督」（大正九年發表）　「トロッコ」・「藪の中」（大正十一年發表）　「河童」・「或阿呆の一生」（昭和二年發表）

窮死《きゅうし》

国木田独歩《くにきだどっぽ》

①九段坂《くだんざか》の②最寄《もより》にけちなめし屋《や》がある。春《はる》の末《すえ》の夕暮《ゆうぐれ》に一人《ひとり》の男《おとこ》が③大儀《たいぎ》そうに④敷居《しきい》をまたげた。既《すで》に三人《さんにん》の客《きゃく》がある。まだ洋燈《ランプ》を点《つ》けないので薄暗《うすぐら》い⑤土間《どま》に居並《いなら》ぶ人影《ひとかげ》も朧《おぼろ》である。

先客《せんきゃく》の三人《さんにん》も今来《いまき》た一人《ひとり》も皆《み》な⑥土方《どかた》か⑦立《たち》んぼう位《ぐらい》の極《ご》く下等《かとう》な労働者《ろうどうしゃ》である。余程《よほど》都合《つごう》の可《い》い日《ひ》でないと⑧白馬《どぶろく》も碌碌《ろくろく》は飲《の》めない仲間らしい。けれども先の三人は、多少《いくら》か好《よ》結果かったと見《み》えて⑨思《おも》い思《おも》いに飲《や》っていた。

「文公《ぶんこう》、そうだ君《きみ》の名《な》は文《ふみ》さんとか言《い》ったね。身体《からだ》はどうだね」と角張《かどば》った顔《かお》の性質《ひと》の良《よ》さそうな四十《よんじゅう》を越《こ》した男《おとこ》が隅《すみ》から声《こえ》をかけた。

「有難《ありがと》う、どうせ長《なが》くはあるまい」と今来《いまき》た男《おとこ》

窮死

國木田獨步

九段坡的附近有一家簡陋的小飯館。春末的一個傍晚，有一個男人拖著疲乏的步子跨過門檻。裏面已經有三位客人了。因爲還沒有點上油燈，所以在暗淡的房間列坐的人影也模糊不清。

先來的三個人和剛進來的那一個人都是土木工程工人或是做零工的，地位極低的下等勞動者。要不是相當好的日子連濁酒也都不能充分地喝的同事。可是先來的三個看來有點不錯的樣子，各按所好的在喝著。

「文公，對了，聽說你的名字是叫文吧！身體如何呢？」四方臉，樣子很和善，年紀四十多的男人從角落裏和他打了招呼。

「謝謝，反正活不久了啦！」剛才進來的男人

は捨《す》てばちに言《い》って、投《な》げるように腰掛《こしかけ》に身《み》を下《おろ》して、両手《りょうて》で額《ひたい》を押《おさ》え、苦《くる》しい咳息《せき》をした。年頃《としごろ》は三十前後《さんじゅうぜんご》である。

「そう⑩気《き》を落《おと》すものじゃアない、しっかりなさい」とこの店《みせ》の亭主《あるじ》が言《い》った。それぎりで誰《だれ》も何とも言《い》わない。心《こころ》のうちでは「長《なが》くあるまい」と云《い》うのに同意《どうい》をしているのである。

「六銭《ろくせん》しか無《な》い、これで何《なん》でも可《い》いから……」と言《い》いさして、咳息《せき》で食《く》わして貰《もら》いたいという言《こと》葉《ば》が出《で》ない。文公《ぶんこう》は頭《あたま》の髪《け》を両手《りょうて》で握《つ》かんで悶《もが》いている。

めそめそ泣《な》いている赤児《あかんぼ》を背負《せお》った⑪おかみさんは洋燈《ランプ》を点《つ》けながら、

「苦《く》るしそうだ、水《みず》をあげようか」と振《ふ》り向《む》いた。文公《ぶんこう》は頭《あたま》を横《よこ》に振《ふ》った。

自暴自棄的說著。好像要摔下來似的一屁股坐下來，兩手按著額角，痛苦的咳嗽著，年紀是三十左右。

「別這麼灰心啊！振作點吧！」這家飯館的店主這樣的說了。此外誰也沒有開口，因爲，大家都在心裏同意著「活不久啦！」這句話。

「只有六分錢，隨便給什麼都可以……」這樣的說著，由於咳嗽，「給我些東西吃吧！」這句話也就說不出來了。文公兩手緊緊地抓著頭髮，在掙扎著。

老板娘揹著低聲啜泣的嬰兒一邊點著燈，一邊轉過臉來問他：

「好像很難受吧！給你水吧！」文公搖了頭。

「水《みず》よりかこの方《ほう》が可《い》い、これなら元気《げんき》がつく」と三人《さんにん》の一人《ひとり》の大男《おおおとこ》が言《い》った。この男《おとこ》はこの店《みせ》には⑫馴染《なじみ》でないと見《み》えて先刻《さっき》から⑬口《くち》をきかなかったのである。突《つ》きだしたのが白馬《どぶろく》の杯《さかずき》。文公《ぶんこう》は又《また》も頭《あたま》を横《よこ》にふった。

「一本《いっぽん》つけよう。矢張《やっぱり》これでないと元気《げんき》がつかない。代価《だい》は何時《いつ》でも可《い》いから飲《や》った方《ほう》が可《よ》かろう」と亭主《あるじ》は文公《ぶんこう》が何《なん》とも返事《へんじ》せぬ中《うち》に白馬《どぶろく》を一本《いっぽん》つけた。すると角《かど》ぱった顔《かお》の男《おとこ》が

「何《なあ》に文公《ぶんこう》が払《はら》えない時《とき》は自分《わし》がどうにでもする。えっ、文公《ぶんこう》、だから一《ひと》つ飲《や》ってみな」

それでも文公《ぶんこう》は頭《あたま》を押《おさ》えたまま黙《だま》っていると、間《ま》もなく白馬《どぶろく》一本《いっぽん》と野菜《やさい》の⑭煮物《にっけ》を少《すこし》ばかり載《の》せた小皿《こざら》一《ひと》つが文公《ぶんこう》の前《まえ》に置《お》かれた。この時《とき》やっと頭《あたま》を上《あ》げて

「這個比水好，喝了就有精神。」三個人中的一個大個子這樣的說。這個男人看來對這家飯館並不熟悉，所以剛才一直沒有開口。他遞出一杯濁酒。文公又搖了搖頭。

「給你斟一瓶吧！沒有畢竟還是沒有這個是提不起精神的，錢什麼時候都可以，喝了比較好吧！」店主也不等文公答話，就斟了一瓶濁酒。這時候，方臉的男人說：

「什麼！文公付不起的時候，就由我來付好了。喂！文公，喝一杯看看吧！」

可是文公仍然雙手抱著頭，默默地不出聲，不一會兒，一瓶濁酒和一小碟干燒菜 放到文公的面前。這時候，好不容易抬起頭來。

「⑮親方《おやかた》どうも済《す》まない」と弱《よわ》い声《こえ》で言《い》って又《また》も咳息《せき》をして⑯ホッと溜息《ためいき》を吐《つ》いた。長顔《ながおもて》の痩《やせ》こけた顔《かお》で、頭《あたま》は五分刈《ごぶがり》がそのまま伸《のび》るだけのびて、ももくちゃになって少《すこ》しの光沢《つや》もなく、灰色《はいいろ》がかっている。

文公《ぶんこう》のお陰《かげ》で陰気勝《いんきがち》になるのも⑰仕方《しかた》がない、しかし誰《だれ》もそれを不平《ふへい》に思《おも》う者《もの》はないらしい。文《ぶん》公《こう》は続《つづ》けざまに三四杯《さんしはい》ひっかけて又《ま》たも頭《あたま》を押《おさ》えたが、人々《ひとびと》の親切《しんせつ》を思《おも》わぬでもなく、又《ま》た深《ふか》く思《おも》うでもない。まるで別《べつ》の世界《せかい》から言葉《ことば》をかけられたような気持《きもち》もするし、うれしいけれど、それが、それまでの事《こと》である事《こと》を知《し》っているから「どうせ長《なが》くはない」との感《かんじ》を暫時《しばし》の間《あいだ》でも可いから忘《わす》れたくても忘《わす》れる事《こと》が出来《でき》ないのである。

身体《からだ》にも心《こころ》にも⑱呆然《ぼかん》としたような絶望的無我《ぜつぼうてきむが》

「老板，眞對不起啊！」用微弱的聲音這樣說，一邊又咳嗽著，而長嘆了一聲。他的臉型是長長的，面頰非常消瘦，雖然頭髮剪的是五分頭，但任他長得很長，而亂七八糟的，發了灰，沒有一點兒光澤。

由於文公的出現而使這裏蒙上了一層陰鬱的氣氛，但這也是沒辦法的事，看來誰也沒有埋怨的意思。文公一連喝了三四杯，於是又抱住了頭。他對別人對他的親切照顧，既不是無動於衷，但也沒有怎麼感動。他覺得別人宛如是從另一個世界裏在和他說話似的，雖然感到高興，但是也知道別人對自己也只能照顧這麼多。因此，他雖然想把「反正活不久了」的念頭忘掉一下，即使是一瞬間也好，但怎麼也忘不了。

身心都像籠罩在茫然的絶望的無意識的雲霧似

が霧《きり》のように重《おも》く、⑲あらゆる光《ひかり》を遮《さえぎ》って立《た》ちこめている。

空腹《すきばら》に飲《の》んだので、間《ま》もなく酔《よい》がまわり稍《や》や⑳元気《げんき》づいて来《き》た。顔《かお》をあげて㉑我知《われし》らずにやりと笑《わら》った時《とき》は、四角《しかく》の顔《かお》が直ぐ

「そら見《み》ろ、気持《きもち》が直《なお》ったろう。飲《や》れ飲《や》れ、一《いっ》本《ぽん》で足《た》りなけゃアもう一本《いっぽん》飲《や》れ、私《わし》が引受《ひきうけ》るから何《なん》でも元気《げんき》を加《つけ》るにゃアこれに限《かぎ》って事《こと》よ！」と御自身《ごじしん》の方《ほう》が大元気《おおげんき》になって来《き》たのである。

この時《とき》、外《そと》から二人《ふたり》の男《おとこ》が駈《か》け込《こ》んで来《き》た。何《いず》れも土方風《どかたふう》の者《もの》である。

「とうとう降《やっ》て来《きや》アがった」と叫《さ》けんで思《おも》い思《おも》いに席《せき》を取《とっ》た。文公《ぶんこう》の来《く》る前《まえ》から西《にし》の空《そら》が真黒《まっくろ》に曇《くも》り、遠雷《えんらい》さえ轟《とどろ》きて只《ただ》ならぬ気勢《けしき》であったのである。

地那麼沈重，遮住了一切光明。

因爲空著肚子喝酒，所以不久就有了些醉意，精神稍微振作些了。抬起頭來不由得露著牙笑著的時候，四方臉的馬上說：

「你看，精神好多了吧！喝吧！喝吧！要是一瓶不夠再來一瓶，由我負擔，要想提起精神，就得靠這個……」他自己本身確興奮起來了。

這時候，從外面跑進了兩個男人，看樣子都是土木工程工人。

「終於下起來啦！」他們大聲說著，各自坐下來。自從文公來之前西方的天空已經烏雲密佈，遠遠地雷聲隆隆風雨欲來的模樣了。

「何《な》に、直《す》ぐ晴《あが》ります。だけど今時分《いまじぶん》の驟雨《ゆうだち》なんて余程《よっぽど》気《き》まぐれだ」と亭主《あるじ》が言《い》った。

二人《ふたり》が飛込《とびこ》んでから急《きゅう》に賑《にぎお》うて来《き》て、何時《いつ》しか文《ぶん》公《こう》に気《き》をつける者《もの》も無《な》くなった。外《そと》はどしゃ降《ぶり》である。二個《ふたつ》の洋燈《ランプ》の光線《ひかり》は赤《あか》く微《かすか》に、陰影《かげ》は闇《くら》く遍《あまね》くこの煤《すす》けた土間《どま》を篭《こ》めて、荒《あれ》くれ男《おとこ》の赫顔《あからがお》だけが右《みぎ》に左《ひだり》に動《うご》いている。

文公《ぶんこう》は恵《めぐま》れた白馬《どぶろく》一本《いっぽん》を㉓ちびちび飲《の》み了《おわ》ると飯《めし》を初《はじめ》た、これも赤児《あかんぼ》を背負《おぶっ》た女主人《かみさん》の親切《しんせつ》で㉔鱈腹《たらふく》喰った。そして出掛《でかけ》ると急《きゅう》に亭主《あるじ》が此方《こっち》を向《む》いて

「まだ降《ふ》ってるだろう、止《やん》でから行《い》きな」

「たいしたことは有《あ》るまい。皆様《みなさん》どうも有難《ありがと》う」

と穴《あな》だらけの外套《がいとう》を頭《あたま》から被《かぶ》って外《そと》へ出《で》た。最早《もう》晴《あが》り際《ぎわ》の小降《こぶり》である。ともかくも路地《ろじ》を辿《たど》って通《とお》

「沒有關係，一會兒就會放晴的，可是，這時候下起陣雨來，天氣可有些變啊！」店主這樣說了。

二人跑進來之後，突然熱鬧起來，不知不覺間，已沒人注意到文公了。外面下著傾盆大雨。兩盞油燈的光線微暗，這間被煤烟燻黑了的房間到處都是暗淡的影子，只有滿面風霜的男人的紅臉忽左忽右地動著。

文公把人家給他的一瓶濁酒慢慢地喝完之後，就開始吃飯。這也是因爲揹著嬰兒的老板娘的好意之下才飽餐一頓的。而他剛要動身，店主急忙的對他說。

「還在下著吧！雨停了再去吧！」

「大概不會再有大雨了，各位，謝謝。」文公說著，就把那滿是破洞的外套，披在頭上出去了。

這時已經快要放晴的小雨了。他總算順著小巷走到

街《り》へ出《で》た。亭主《あるじ》は雨《あめ》が止《や》んでから行《い》きなと言《い》ったが、何所《どこ》へ行《ゆ》く？文公《ぶんこう》は路地口《ろじぐち》の軒下《のきした》に身《み》を寄《よ》せて往来《おうらい》の上下《かみしも》を見《み》た。㉕幌《ほろ》人車《ぐるま》が威勢《いきおい》よく駈《かけ》ている。店店《みせみせ》の燈火《ともしび》が道路《みち》に映《うつ》っている。一《いち》二丁先《にちょうさき》の大通《おおどおり》を電車《でんしゃ》が通《とお》る。さて文公《ぶんこう》は何処《どこ》へ行《ゆ》く。

めし屋《や》の連中《れんちゅう》も文公《ぶんこう》が何処《どこ》へ行《い》くか勿論《もちろん》知《し》らないがしかし何処《どこ》へ行《い》こうと、それは問題《もんだい》でない。何故《なぜ》なれば居残《いのこ》っている者《もの》の中《うち》でも、今夜《こんや》は何処《どこ》へ宿《とま》るかを決定《きめ》ていないものがある。この人々《ひとびと》は大概《たいがい》、所謂《いわゆ》る居所《きょしょ》不明《ふめい》、もしくは不定《ふてい》な連中《れんちゅう》であるから文公《ぶんこう》の今夜《こんや》の行先《ゆきさき》など気《き》にしないのも無理《むり》はない。然《しか》しあの㉖容態《ようだい》では遠《とおか》らずまいって了《しま》うだろうとは文公《ぶんこう》の去《さ》った後《あと》での噂《うわさ》であった。

「可憐《かわい》そうに。養育院《よういくいん》へでも入《はい》れば可《い》い」と亭《ある》主《じ》が言《い》った。

了街上。店主雖說雨停了再走，可是到哪裏去呢？文公在巷口靠近屋簷下，向街上的兩頭望著，有蓬的人力車很有氣勢地跑著，商店的燈火映在道路上，一二百公尺前的大馬路有電車經過。那麼，文公到哪裏去呢？

　飯館的伙伴們當然不知道文公到哪裏去，可是對他們來說，文公到哪裏去，那不是問題。爲什麼呢？留在這裏的人之中，也有不知道今晚要睡到哪裏的。因爲這些人們多半是住所不明或住所不定的伙伴，因此也難怪他們對於文公今天晚上的去處等毫不關心，也不是沒有道理的。可是文公出去了之後，這個人的不久人世的樣子也就成爲大家談論的題材。

「好可憐！能進養育院就好了。」店主說。

「ところがその養育院《よういくいん》とかいう奴《やつ》は㉗面倒臭《めんどうくさ》くってなかなか入《はい》られないという事《こと》だぜ」と客《きゃく》の土《ど》方《かた》の一人《ひとり》がいう。

「それじゃア行倒《ゆきだおれ》だ！」と一人《ひとり》が言《い》う。

「誰《だれ》か引取人《ひきとりて》が無《な》いものかナ。全体野郎《ぜんたいやろう》は何国《どこ》の者《もの》だ」と一人《ひとり》がいう。

「自分《じぶん》でも知《し》るまい」

実際文公《じっさいぶんこう》は自分《じぶん》が何処《どこ》で生《うま》れたのか全《まった》く知《しら》ない、両親《おや》も兄弟《きょうだい》もあるのか無《な》いのかすら知《しら》ない、文公という称呼《な》も誰《だれ》いうとなく自然《ひとりで》に出来《でき》たのである十二歳頃《じゅうにさいごろ》の時《とき》、浮浪少年《ぶろうしょうねん》とのかどで、暫時監獄《しばらくかんごく》に飼《かわ》れていたが、色々《いろいろ》の身《み》の為《ため》になるお話《はなし》を聞《き》かされた後《のち》、門《もん》から追《お》い出《だ》された。それから三十幾《さんじゅうい》歳《くつ》になるまで種々《しゅじゅ》な労働《ろうどう》に身《み》を任《まか》して、やはり以前《いぜん》の浮浪生活《ふろうせいかつ》を続《つづ》けて来《き》たのである。この冬《ふゆ》

「可是養育院這種地方多麻煩，很不容易進去啊！」客人之中的一位土木工說。

「那麼，只好死在路傍啦！」又一個說。

「沒有照料他的人了嗎？到底這傢伙是那一鄉的人呢？」又一個人說。

「連他自己也不知道吧！」

事實上，文公自己出生於何處完全不知道。甚至於雙親及兄弟在不在也不知道。文公這個名字，不是誰叫的而是自然而然地叫出來的。大約十二歲的時候，因爲流浪兒童的理由，吃了一陣子監獄的飯。聽了種種修身立命的道理之後，就被趕出來。此後，一直到三十幾歲種種的苦工都做，但也仍然過著和過去一樣的流浪生活。從這個冬天患了肺病以來，一滴藥也吃不起，土木工也罷、零工也罷，

に肺《はい》を患《やん》でから薬《くすり》一滴《いってき》飲《の》むことすら出来《でき》ず、土方《どかた》にせよ、立坊《たちんぼう》にせよ、それを休《やす》めば直《す》ぐ食《く》うことが出来《でき》ないのであった。

「最早《もう》だめだ」と十日位前《とおかぐらいまえ》から文公《ぶんこう》は思《おも》っていた。それでも稼《かせ》げるだけは稼《かせ》がなければならぬ。それで今日《きょう》も朝五銭《あさごせん》、午後《ひると》に六銭《ろくせん》だけ漸《ようや》く稼《かせ》いで、その六銭《ろくせん》を今《いま》めし屋《や》で費《つか》って了《しま》った。五銭《ごせん》は昼《ひる》めしに成《な》っているから一文《いちもん》も残《のこ》らない。

さて文公《ぶんこう》は何処《どこ》へ行《ゆ》く？茫然《ぼんやり》軒下《のきした》に立《たっ》て眼前《めのまえ》のこの世《よ》の様《さま》を熟《じっ》と見《み》ている中《うち》に、

「アア寧《いっ》そ死《しん》で了《しま》いたいなア」と思《おも》った。この時《とき》、悪寒《おかん》が全身《みうち》に行《ゆ》きわたって、ぶるぶるっと慄《ふる》えた、そして続《つづ》けざまに苦《くる》しい咳息《せき》をして噎入《むせびい》った。

ふと思《おも》い付《つ》いたのは今《いま》から二月前《ふたつきまえ》に日本橋《にほんばし》の或《ある》

要是一天不做，馬上就沒有飯吃。

「已經不行了！」大約十天前文公就這麼想著。即使如此只要還能工作，也就非工作不可。於是今天好容易上午賺了五分錢，下午賺了六分錢，那六分錢剛才在飯館花光了。早上的五分錢作了午飯錢，現在是一文不剩了。

且說，文公到哪裏去？他茫然地站在屋簷下，望著眼前的這個人世間。

「唉！眞想死掉算了！」他想著。這時一陣寒噤，全身都戰慄著，又接連地咳嗽得喘不過氣來。

他突然想起兩個月前在日本橋的某個地方做土

所《ところ》で土方《どかた》をした時知《ときし》り合《あい》になった弁公《べんこう》という若者《わかいの》がこの近処《きんじょ》に住《すん》でいることであった。道悪《みちわる》を七八《しちはっ》丁飯田町《ちょういいだまち》の河岸《かし》の方《ほう》へ歩《ある》いて闇《くら》い狭《せま》い路地《ろじ》を入《はい》ると㉘突当《つきあたり》に薄鉄葺《ぶりきぶき》の棟《むね》の低《ひく》い家《うち》がある。最早《もう》㉙雨《あま》戸《ど》が引《ひき》よせてある。

辿《たど》り着《つ》いて、それでも思《おも》いきって

「弁公《べんこう》、家《うち》か」

「誰《だれ》だい」と内《うち》から直《す》ぐ返事《へんじ》がした。

「文公《ぶんこう》だ」

戸《と》が開《あい》て「何《なん》の用《よう》だ」

「一晩《ひとばん》泊《と》めてくれ」と言《い》われて弁公《べんこう》直《す》ぐ身《み》を横《よこ》に避《よ》けて

「まあこれを見《み》てくれ何処《どこ》へ寝《ね》られる？」

見《み》ればなるほど三畳敷《さんじょうじき》の一室《ひとま》に名《な》ばかりの板間《いたのま》と、上口《あがりぐち》に漸《ちょうや》く太駄《げた》を脱《ぬ》ぐだけの土間《どま》とがあるば

木工的時候所認識的叫做弁公的年青人，住在這附近。往飯田街河岸走了七八百公尺的泥濘的小路，走進了陰暗狹窄的小巷裏，盡頭有一間鉛鐵皮屋頂的矮房子，已經關上了防雨板。

好容易到達，下了決心。

「弁公，在家嗎？」

「誰啊？」裏面馬上回答。

「是文公。」

門打開了「什麼事？」

「讓我住一晚吧！」弁公聽說，立刻把身體側過去。

「好了你看看這裏，哪裏睡得下呢？」

越看越覺得，雖說是一間鋪著三帖榻榻米的房間，但有名無實，舖的都是木板。房門口有一塊土

かり、その三畳敷《さんじょうしき》に寐床《ねどこ》が二《ふた》つ敷《しい》てあって、豆洋燈《まめランプ》が板間《いたのま》の箱《はこ》の上《うえ》に乗《のせ》てある。その薄《うす》い光《ひかり》で一《ひと》つの寐床《ねどこ》に寐《ね》ている弁公《べんこう》の親父《おやじ》の頭《あたま》が朧《おぼろ》に見《み》える。

文公《ぶんこう》の黙《だま》っているのを見《み》て、

「常例《いつも》の婆々《ばばあ》の宿《やど》へ何故《なん》で行《い》かねえ？」

「文《ぜに》なしだ」

「三晩《みばん》や四晩《よばん》借《か》りたって何《なん》だ」

「ウンと借《かり》が出来《でき》て最早行《もういけ》ねえんだ」と言《い》い様《さま》、咳《せき》息をして苦《くる》しい息《いき》を内《うち》に引《ひ》くや思《おも》わずホット疲《つか》れ果《はて》た嘆息《ためいき》を洩《もら》した。

「身体《からだ》も良《よ》く無《な》いようだナ」と弁公初《べんこうはじめ》て㉛気《き》がつく。

「すっかり駄目《だめ》になっちゃった」

「そいつは気《き》の毒《どく》だなア」と内《うち》と外《そと》で暫時無言《しばしむごん》で衝立《つったっ》ている。すると未《ま》だ寝着《ねつか》れないでいた親父《おやじ》

地，也只能脫木屐而已。那三帖榻榻米的房間舖著兩床臥具，小煤油燈放在箱子上，在那暗淡的燈光下，可以模模糊糊的看見一床棉被裏睡着的弁公的父親的腦袋。

看到文公默不作聲弁公就說

「爲什麼不到常常去的老太婆開的旅館？」

「沒有錢。」

「住三四個晚上，欠一下又有什麼？」

「欠得太多了，已經不行了。」說著又咳嗽起來，疲倦得禁不住地嘆了一口氣。

「好像身體也不太好啊！」弁公剛剛發覺到這樣。

「完全不行了。」

「那眞可憐！」門內門外，無言地站了一會兒。這時候還沒有睡着的父親，抬起頭來說。

が頭《あたま》を擡《もた》げて

「弁公《べんこう》、泊《と》めて遣《や》れ、二人《ふたり》寝《ね》るのも三人《さんにん》寝《ね》るのも同《おな》じことだ」

「同《おな》じことは一《ひと》つこった。それじゃァ足《あし》を洗《あら》うんだ。この磨滅《ちび》下駄《げた》を持《もっ》て其処《そこ》の水道《すいどう》で洗《あら》って来《き》な」と弁公《べんこう》景気《けいき》よく言《い》って、土間《どま》を探《さぐ》り、下駄《げた》を捨《ひろ》って渡《わた》した。

其処《そこ》で文公《ぶんこう》は漸《やっ》と宿《やど》を得《え》て、二人《ふたり》の足《あし》の裾《すそ》に丸《まる》くなった。親父《おやじ》も弁公《べんこう》も昼間《ひるま》の激《はげ》しい労働《ろうどう》で熟睡《じゅくすい》したが文公《ぶんこう》は熱《ねつ》と咳息《せき》とで終夜《しゅうや》苦《くる》しめられ暁天《あけがた》近《ちか》くなって漸《やっ》と寝入《ねい》った。

短夜《みじかよ》の明《あ》け易《やす》く四時半《よじはん》には弁公引窓《べんこうひきまど》を明《あ》けて㉜飯《めし》を焚《た》きはじめた。親父《おやじ》も間《ま》もなく起《お》きて身仕度《みじたく》をする。

飯米《めし》が出来《でき》るや先《ま》ず弁公《べんこう》はその日《ひ》の弁当《べんとう》、親父《おやじ》

「弁公，讓他住吧！二個人睡和三個人睡都是一樣的。」

「那倒是一樣，那麼，你去洗洗脚吧！拿著這雙矮木屐，用那裏的自來水洗洗吧！」弁公輕快地說著，在房裏找出木屐遞給文公。

這樣，文公總算得到了睡覺的地方，他在弁公父子兩人的脚下，縮做了一團。弁公和父親因爲白天劇烈的勞動，而熟睡了。文公因爲發燒和咳嗽，痛苦了一整夜，快到天亮好不容易才睡着。

晝長夜短的夏季，天亮得早，四點半，弁公打開窗子，開始煮飯。不久父親也起床準備。

飯一煮好，弁公先裝了這一天的便當，父親和

と自分《じぶん》との一度分《いちどぶん》を作《こしら》える。終《おわ》って二人《ふたり》は朝飯《あさめし》を食《く》いながら親父《おやじ》は低《ひく》い声《こえ》で

「この若者《わかいの》は余程《よっぽど》身体《からだ》を痛《いた》めているようだ。今日《きょう》は一日《いちにち》そっとして置《お》いて仕事《しごと》を休《やす》ます方《ほう》が可《よ》かろう」

弁公《べんこう》は㉝頬張《ほおばっ》て首《くび》を縦《たて》に二三度《にさんど》振《ふ》る。

「そして出《で》がけに、飯《めし》も煮《た》いてあるから勝手《かって》に食《た》べて一日休《いちにちやす》めと言《い》え」

弁公《べんこう》はうなずいた、親父《おやじ》は一段声《いちだんこえ》を潜《ひそ》めて

「他人事《ひとごと》と思《おも》うな、乃公《おれ》なんぞ最早《もう》死《し》のうと思《おも》った時《とき》、仲間《なかま》の者《もの》に助《たす》けられたなア一度《いちど》や二度《にど》じゃアない。助《たす》けてくれるのは何時《いつ》も仲間中《なかまうち》だ、汝《てめえ》もこの若者《わかいの》は仲間《なかま》だ助《たす》けて置《お》け」

弁公《べんこう》は口《くち》をもごもごしながら親父《おやじ》の耳《みみ》に口《くち》を寄《よ》せて

自己各一份。裝完之後二人就吃早飯。父親一邊吃早飯一邊低聲說

：「這個年輕人好像病得很重，今天讓他休息一天比較好吧！」

弁公嘴裏塞得滿滿的，把頭點了二三下。

「而臨走的時候你向他說，飯已煮好叫他隨便吃，休息一天吧！」

弁公點點頭。父親把聲音壓得更低一些，說。

「不要認爲是別人的事情，我過去沒辦法想死的時候，受到伙伴的幫助，也不止是一兩次啦！幫助的人總是伙伴，你也要把這個年輕人當作伙伴幫助他。」

弁公一邊嚼著，一邊把嘴湊到父親耳邊說：

「でも文公《ぶんこう》は長《なが》くないよ」
親父《おやじ》は急《きゅう》に箸《はし》を立《た》て、睨《にら》みつけて
「だから猶《な》お助けるのだ」
弁公《べんこう》は又《また》も従順《すなお》にうなずいた。出《で》がけに文公《ぶんこう》を揺《ゆ》り起《おこ》して
「オイ一寸《ちょっ》と起《おき》ねえ、これから我等《おいら》は仕事《しごと》に出《で》るが、兄公《あにき》は一日休《いちにちやす》むが可い。飯《めし》も炊《たい》てあるからナア、イイカ留守《るす》を頼《たの》んだよ」
文公《ぶんこう》は不意《ふい》に起《おこ》されたので、驚《おどろ》いて起《お》き上《あ》がりかけたのを弁公《べんこう》が止《と》めたので、又《また》た寝《ね》て、その言《い》うことを聞《き》いて唯《た》だうなずいた。
余《あま》り当《あて》にならない留守番《るすばん》だから雨戸《あまど》を引《ひき》よせて親子《おやこ》は出《で》て行《い》った。文公《ぶんこう》は留守居《るすい》と言《い》われたので直《す》ぐ起《お》きていたいと思《おも》ったが転《ころが》っているのがつまり楽《らく》なので十時頃《じゅうじごろ》まで眼《め》だけ覚《さ》めて起《お》き上《あが》ろうと

「可是，文公活不久啦！」
父親突然停下了筷子，瞪著眼說：
「所以更加要幫助他啊！」
弁公又順從地點了頭，臨走，他搖醒了文公說：
「喂，起來一下，我們這就出去工作了，大哥，你休息一天好了，飯也煮好了，拜托你看看家吧！」
文公突然被叫醒，吃驚地正想起身，却被弁公止住了，所以又躺下去，聽著弁公說話，只是點頭。
因爲看家的不太能勝任，所以把木板套窗拉上，父子倆出去了。文公聽說要看家，想馬上起來，可是因爲躺著舒服，所以睡到十點左右才醒來。因爲肚子餓了，所以雖然痛苦只得勉强起來。吃了飯

も為《し》なかったが、㉞腹《はら》が空《へ》ったので苦《くる》しいながら起《お》き直《なお》った。飯《めし》を食《く》って又《ま》たごろりとして夢現《ゆめうつつ》で正午近《しょうごちか》くなると又《ま》た腹《はら》が空《へ》る。それで又《ま》た食《く》ってごろついた。

弁公親子《べんこうおやこ》は或親分《あるおやぶん》に属《つい》て市《いち》の埋立工事《うめたてこうじ》の土方《どかた》を稼《かせ》いでいたのである。弁公《べんこう》は掘《ほり》を埋《うめ》る組《くみ》、親父《おやじ》は下水用《げすいよう》の土管《どかん》を埋《うめ》る為《た》めの深《ふか》い溝《みぞ》を掘《ほ》る組《くみ》。それでこの日《ひ》は親父《おやじ》は溝《みぞ》を掘《ほっ》ていると午後三時頃《ごごさんじごろ》、親《おや》父《じ》の跳上《はねあ》げた土《つち》が折《おり》しも通《とお》りかかった車夫《くるまひき》の脚《すね》にぶつかった。この車夫《くるまひき》は車《くるま》も衣装《みなり》も立派《りっぱ》で乗《の》せていた客《きゃく》も紳士《しんし》であったが、突如人車《いきなりくるま》を止《と》めて、「何《なに》をしやアがるんだ」と言《い》いさま溝《みぞ》の中《なか》の親父《おやじ》に土《つち》の塊《かたまり》を投《なげ》つけた。「気《き》をつけろ、間抜《まぬけ》め」というのが㉟捨台詞《すてぜりふ》でそのまま行《い》こうとすると、親父《おやじ》は㊱承知《しょうち》しない。

又躺下去，昏昏沈沈的睡到將近中午的時候，肚子又餓了，於是又吃了飯，躺下去。

弁公父子是在一個工頭手下當土木工，擔任市的埋管工程。弁公是塡土的一組，父親是在爲埋設下水道的管子的挖掘深溝的一組。因此，這天，父親在挖溝，下午三點左右，挖出的土正巧撒在過路拉車的脚上。這個拉車的車子和裝潢都很漂亮，坐的乘客也是個紳士。這個拉車的突然把車停住，嘴裏喊著，「你想幹什麼？」向溝裏的弁公的父親扔了塊土塊。「小心點！笨蛋」嘴裏說著，就要走。父親不允許。

「この野郎《やろう》！」といいさま道路《おうらい》に這《は》い上《あが》って、今《いま》しも梶棒《かじぼう》を上《あ》げかけている車夫《くるまひき》に土《つち》を投《なげ》つけた。

そして

「土方《どかた》だって人間《にんげん》だぞ、馬鹿《ばか》にしゃアがんな」

と叫《さ》けんだ。

車夫《くるまひき》は取《とっ》て返《かえ》し、二人《ふたり》は㊳握合《つかみあい》を初《はじ》めたが、一《いっ》方《ぼう》は血気《けっき》の若者《わかもの》ゆえ、苦《く》もなく親父《おやじ》を溝《みぞ》に突《つ》き落《おと》した。落《お》ちかけた時《とき》、調子《ちょうし》の取《と》りようが悪《わる》かったので棒《ぼう》が倒《たお》れるように深《ふか》い溝《みぞ》に転《ころ》げ込《こ》んだ。その為《た》め後脳《こうのう》を甚《ひど》く撃《う》ち肋骨《ろっこつ》を折《お》って親父《おやじ》は悶絶《もんぜつ》した。

㊴見《み》る間《ま》に附近《ふきん》に散在《さんざい》していた土方《どかた》が集《あつ》まって来《き》て、車夫《くるまひき》は殴《なぐ》打られるだけ殴《なぐ》打られその上交番《うえこうばん》に引《ひ》きずって行《ゆ》かれた。

虫《むし》の呼吸《いき》の親父《おやじ》は戸板《といた》に乗《の》せられて親方《おやかた》と仲間《なかま》の土方《どかた》二人《ふたり》と気抜《きぬけ》のしたような弁公《べんこう》とに送《おく》られて

「你這小子」說著，爬上路面，向剛剛拿起車把的拉車的扔了泥土。

而

叫著：「土木工也是人啊！不可瞧不起人！」

車夫折返，兩個人開始扭打起來，因爲一個是血氣方剛的小伙子，所以不費力氣，就把父親推落到溝裏。因爲出手的勁頭猛了些，所以父親就像滾進深溝裏。因爲落下的時候，沒有辦法保持平衡，所以就像棍子倒下似的滾進深溝裏。因此後腦受了很重的打擊，肋骨折了，父親昏過去了。

不久，散在附近的土木工們，聚集起來，把拉車的痛打一頓，而且又把他扭到派出所去了。

奄奄一息的父親被放在門板上，被工頭和兩個伙伴及失魂落魄的弁公送回家去。那是五點五分，

家《うち》に帰《かえ》った。それが五時五分《ごじごふん》である。文公《ぶんこう》はこの騒《さわぎ》に吃驚《びっくり》して隅《すみ》の方《ほう》へ小《ちい》さくなって了《しま》った。間《ま》もなく近所《きんじょ》の医師《いしゃ》が来《く》る事《こと》は来《き》た。診察《しんさつ》の型《かた》だけして「最早《もう》脈《みゃく》がない」と言《い》ったきり、そこそこに去《い》って了《しま》った。

「弁公毅然《べんこうしっかり》しな、俺《おれ》が必然《きっと》仇《かたき》を取《と》ってやるから」と親方《おやかた》は言《い》いながら財布《さいふ》から五十銭銀貨《ごじっせんぎんか》を三四枚《さんよんまい》取《と》り出《だ》して「これで今夜《こんや》は酒《さけ》でも飲《の》んで㊶通夜《つや》をするのだ、明日《あす》は早《はや》くから俺《おれ》も来《き》て始末《しまつ》をしてやる」

親方《おやかた》の去《い》った後《あと》で今《いま》まで外《そと》に立《たっ》ていた仲間《なかま》の二人《ふたり》はともかく内《うち》へ入《はい》った。けれども坐《すわ》る処《ところ》がない。この時弁公《ときべんこう》は突然文公《いきなりべんこう》に

「親父《おやじ》は車夫《くるまひき》の野郎《やろう》と喧嘩《けんか》をして殺《ころ》されたのだ。これを与《や》るから木賃《きちん》へ泊《とま》ってくれ。今夜《こんや》は仲間《なかま》と

文公被這個騷亂，嚇得在屋角裏縮做一團。不久附近的醫生是來了。只是形式上的診療而已。醫生只說「已經沒有脈搏了。」草草了事的走了。

「弁公，振作起來，我一定給你報仇。」工頭一邊說著一邊從錢包拿出三四個五角的硬幣，說：「用這個，買些酒或什麼來喝，今晚要守靈，明天一早我來幫你料理。」

工頭去了之後，一直站在外面的兩個伙伴總算進入了屋裏。可是沒有坐的地方。這個時候，弁公突然對文公說：

「父親和拉車的傢伙打架而被害死了。這個給你，去住小客棧吧！因爲今天晚上和伙伴要守靈。」

通夜《つや》をするのだから」と貰《もら》った銀貨一枚《ぎんかいちまい》を出《だ》した。

文公《ぶんこう》はそれを受取《うけと》って、

「それじゃア親父《おやじ》さんの顔《かお》を一度《いちど》見《み》せてくれ」

「見《み》ろ」と言《い》って弁公《べんこう》は被《かぶ》せてあったものを除《と》たが、この時《とき》は最早《もう》薄闇《うすぐら》いので、明白《はっきり》しない。それでも文公《ぶんこう》は熟《じっ》と見《み》た。

飯田町《いいだまち》の狭《せま》い路地《ろじ》から貧《まず》しい葬儀《とむらい》が出《で》た日《ひ》の翌《よく》日《じつ》の朝《あさ》の事《こと》である。新宿赤羽間《しんじゅくあかばねかん》の鉄道線路《てつどうせんろ》に一人《ひとり》の轢死者《れきししゃ》が発見《みつか》った。

轢死者《れきししゃ》は線路《せんろ》の傍《そば》に置《お》かれたまま薦《こも》が被《か》けて有《あ》るが頭《あたま》の一部《いちぶ》と足《あし》の先《さき》だけは出《で》ていた。手《て》が一本《いっぽん》ないようである。頭《あたま》は血《ち》にまみれていた。六人《ろくにん》の人《ひと》がこの周囲《まわり》をウロウロしている。高《たか》い堤《どて》の上《うえ》に児守《こもり》の小娘《こむすめ》が二人《ふたり》と職人体《しょくにんてい》の男《おとこ》が一人《ひとり》、無言《むごん》で見《けん》物《ぶつ》しているばかり、㊸四辺《あたり》には人影《ひとかげ》がない。前夜《ぜんや》

把人家給他的硬幣拿出一個，文公收了錢說：

「那麼讓我看一下你父親的臉吧！」

「看吧！」說著，弁公把蓋著的東西掀開了，這時候天色已經發暗了，看不太清楚。雖然如此，文公一動不動地凝視著。

這是飯田町窄巷子裏，簡陋的出殯的第二天早晨的事了。新宿赤羽間的鐵路的軌道上發現了一個被火車壓死的人。

被壓死的人被放在鐵軌的旁邊，上面雖然蓋著草蓆，但頭的一部分和脚尖都露出來了。好像缺了一隻手，頭上染滿了血。六個人在這周圍徘徊著，在高高的堤防上，只有兩個揹著小孩子的小姑娘和一個工匠模樣的男人，一聲不響的看著。此外，四周沒有一個人影。前一天晚上的雨已經停了，天晴

の雨《あめ》がカラリと晴《あが》って若草若葉《わかくさわかば》の野《の》は光《ひか》り輝《かがや》いている。

六人《ろくにん》の一人《ひとり》は巡査《じゅんさ》、一人《ひとり》は医師《いしゃ》、三人《さんにん》は㊹人夫《にんぶ》、そして中折帽《なかおりぼう》を冠《かぶ》って二子《ふたこ》の羽織《はおり》を着《き》た男《おとこ》は㊺村《むら》役場《やくば》の者《もの》らしく線路《せんろ》に沿《そ》うて二三間《にさんげん》の所《ところ》を往《ゆき》つ返《もど》りつしている。始終談笑《しじゅうだんしょう》しているのが巡査《じゅんさ》と人夫《にんぶ》で、医師《いしゃ》はこめかみの辺《あたり》を両手《りょうて》で押《おさ》えて蹲居《しゃが》んでいる。蓋《けだ》し棺桶《かんおけ》の来《く》るのを皆《みんな》が待《ま》っているのである。

「二時《にじ》の貨物車《かもつしゃ》で軒《ひ》かれたのでしょう」と人夫《にんぶ》の一人《ひとり》が言《い》った。

「その時《とき》は未《ま》だ降《ふ》っていたかね？」と巡査《じゅんさ》が煙草《たばこ》に火《ひ》を点《つ》けながら問《と》うた。

「降《ふ》っていましたとも。雨《あめ》の上《あが》ったのは三時過《さんじす》ぎでした」

如洗，嫩草新葉的田野，在陽光下閃耀著。

六個人之中一個是警察、一個是醫生、三個是搬運工人。另外一個戴著禮帽，穿著雙線棉布大褂的男人好像是鎮公所的人，沿著鐵軌在五六公尺的範圍裏走來走去。一直在談笑著的是警察和搬運工人，而醫生是兩手按著太陽穴蹲著。大概是大家在等著棺材來收屍吧！

「是被兩點鐘的貨車壓死的吧！」一個搬運工說

「那時候還下著雨嗎？」警察一邊點著香烟一邊問。

「當然下著哩！雨是三點過後才停的。」

「どうも病人《びょうにん》らしい。ねえ大島様《おおしまさん》」と巡査《じゅんさ》は医《い》師《しゃ》の方《ほう》を向《む》いた。大島医者《おおしまいし》は巡査《じゅんさ》が煙草《たばこ》を吸《す》っているのを見《み》て、自身《じぶん》も煙草《たばこ》を出《だ》して巡査《じゅんさ》から火《ひ》を借《か》りながら、

「無論病人《むろんびょうにん》です」と言《い》って軒死者《れきししゃ》の方《ほう》を一寸《ちょっ》と見《み》た。すると人夫《にんぷ》が

「昨日《きのう》其処《そこ》の原《ところ》を徘徊《うろつ》いていたのがこの野郎《やろう》に違《ちが》いありません。たしかにこの外套《がいとう》を着《き》た野郎《やろう》ですひょろひょろ歩《ある》いては木《き》の蔭《かげ》に休《やす》んでいました」

「そうすると何《なん》だナ、矢張《やはり》死《し》ぬ気《き》で来《き》たことは来《き》たが昼間《ひるま》は死《し》ねないで夜《や》行ったのだナ」と巡査《じゅんさ》は言《い》いながら疲労《くたび》れて上《のぼ》り下《くだ》り両線路《りょうせんろ》の間《あいだ》に蹲《しゃが》んだ。

「奴《やっこ》さんあの雨《あめ》にどしどし降《ふ》られたのでどうにもこうにも忍堪《やり》きれなくなって其処《そこ》の堤《どて》から転《ころが》り

「總覺得像是個病人。是吧！大島先生」警察向著醫生這樣的問著。大島醫生看了警察在抽烟，自己也拿出了香烟，一邊向警察借火一邊說

「當然是病人」而看了一下被壓死的人的那邊。這麼一來，搬運工人說：

「昨天在那田野徘徊的一定是這個傢伙。的確是穿著這件外套的傢伙，搖搖晃晃地走著，還在樹蔭下休息著。

「這麼一說，畢竟還是爲尋死而來，因爲白天死不了，晚上才死的。」警察這樣的說著，因爲有些疲勞，所以在上行下行的兩條軌道間蹲下了。

「這傢伙，被那場大雨淋得無論如何都忍受不了，從那邊的堤防上滾下來，倒在鐵軌上的吧！」

落《お》ちて線路《せんろ》の上《うえ》へ打倒《ぶったお》れたのでしょう」と人夫《にんぷ》は見《み》たように話《はな》す。

「何《なに》しろ憐《あわ》れむ可《べ》き奴《やつ》サ」と巡査《じゅんさ》が言《い》って何心《なにごころ》なく堤《どて》を見《み》ると見物人《けんぶつにん》が増《ふ》えて学生《がくせい》らしいのも交《まじ》っていた。

この時赤羽行《ときあかばねゆき》の汽車《きしゃ》が朝暾《あさひ》を真《ま》ともに車窓《しゃそう》に受《う》けて威勢《いきおい》よく駛《はし》って来《き》た。そして火夫《かふ》も運転手《うんてんしゅ》も乗客《じょうかく》も皆身《みなみ》を乗出《のりだ》して薦《こも》の被《か》けてある一物《いちもつ》を見《み》た。

この一物《いちもつ》は姓名《せいめい》も原籍《げんせき》も不明《ふめい》というので例《れい》の通《とお》り仮埋葬《かりまいそう》の処置《しょち》を受《う》けた。これが文公《ぶんこう》の最後《さいご》であった。

実《じつ》に人夫《にんぷ》が言《い》った通《とお》り文公《ぶんこう》はどうにもこうにもやりきれなくって倒《たお》れたのである。

（新潮文庫）

搬運工人好像親眼看見似的這様說著。

「不管怎麼說，可憐的傢伙！」警察這樣的說著，無意地向堤防一看，看熱鬧的人增加了，其中夾雜著學生模樣的人。

這時候，開往赤羽的火車，車窗受到晨曦正面的照射，很有衝勁地疾駛而來。而火夫、司機和乘客都探出身來，看著蓋著草蓆的一件東西。

這一件東西因為姓名和籍貫都不明，所以照例受到了暫時埋葬的處置。這就是文公的最後。

事實上，正如那搬運工人所說的那樣，文公是因為無論如何也忍受不了，才倒下去的。

註釋：

1. 九段坂：從東京的神田神保町到靖國神社的急斜坡。
2. 最寄：附近、最近。
3. 大儀：疲勞、感覺吃力。
4. 敷居をまたげる：跨過門檻。
5. 土間：土地（沒舖地板）的房間。
6. 土方：土木工程工人。
7. 立んぼう：（在路旁等候雇用的）小工、零工。
8. 白馬：未過濾的濁酒。
9. 思い思い：各隨己願、各按所好。
10. 気を落す：失望、沮喪。
11. おかみさん：老板娘。
12. 馴染：熟悉。
13. 口をきく：說話、交談。
14. 煮物：熟菜、燉菜、熬菜。
15. 親方：老板。
16. ホッと溜息を吐く：長嘆了一聲。
17. 仕方がない：沒有辦法。
18. 呆然：茫然的。
19. あらゆる：所有、一切。
20. 元気づく：恢復元氣、精神起來。
21. 我知らず：不知不覺地、不由得。
22. ただならぬ：不尋常的、非一般的。
23. ちびちび：一點一點地。
24. 鱈腹喰う：吃得飽飽的。
25. 幌人車：帶蓬的人力車。
26. 容態：病狀、病情。
27. 面倒臭い：非常麻煩的。

28.突当り：道路的盡頭。

29.雨戸：木板套窗。

30.辿り着く：好容易找到、摸索找到。

31.気がつく：發覺、察覺。

32.飯を焚く：做飯。

33.頬張：大口吃、把嘴塞滿。

34.腹が空る：肚子餓。

35.捨台詞：（演員在登場或退場時）臨時抓的台詞。

36.承知しない：不允許。

37.梶棒：車把。

38.握合：扭打、揪打。

39.見る間に：不久。

40.交番：派出所。

41.通夜：守靈。

42.喧嘩：打架。

43.四辺に人影がない：四週連個人影也沒有。

44.人夫：搬運工人。

45.村役場：鎮公所。

46.棺桶：棺材。

47.ひよろひよろ：搖搖晃晃。

48.何心ない：無心的、無意的。

49.朝暾：朝陽。晨曦。

50.一物：一件東西。

51.例の通り：如往常。

国木田独歩

明治四年（一八七一）～明治四十一年（一九〇八）詩人、小說家。本名：哲夫。千葉縣人。明治二十四年因排斥鳩山和夫就任東京專門學校（早稻田大學的前身）校長而被退學。

国木田独歩早年熱衷於政治，曾想接近自由黨，但經過中日甲午之戰，形勢已非，正如他在『独歩吟』序文所說的「自由黨其血已枯，其心已死，如今卽使在議會之中，也無從看到淸雅高潔的自由理想了。」因此，他打算當作家以謀聲名之不朽。於明治三十年發表了「源叔父」以浪漫主義作家進入文壇，後來因傾向於客觀和寫實的態度，被認爲是自然主義的作家。在日本文學史上，国木田独歩正處於從浪漫主義走向自然主義，他是這一時期有代表性的作家之一。

他的作品不依靠有趣的情節和複雜的故事來吸引人，他善於觀察生活，能夠以一些不爲人們所注意的小事來反映現實社會的普遍現象。

主要的作品有

「源叔父」（明治三十年發表）　「武蔵野」・「忘れえぬ人々」（明治三十一年發表）　「牛肉と馬鈴薯」（明治三十四年發表）　「命運論者」・（明治三十五年發表）　「窮死」（明治四十年發表）

一房《ひとふさ》の葡萄《ぶどう》

有島《ありしま》武郎《たけお》

ぼくは小《ちい》さい時《とき》に、絵《え》をかくことがすきでした。ぼくの通《かよ》っていた学校《がっこう》は横浜《よこはま》の山《やま》の手《て》という所《ところ》にありましたが、そこいらは西洋人《せいようじん》ばかり住《す》んでいる町《まち》で、ぼくの学校《がっこう》も教師《きょうし》は西洋人《せいようじん》ばかりでした。そして、その学校《がっこう》の行《い》き帰《かえ》りには、いつでもホテルや、西洋人《せいようじん》の会社《かいしゃ》などがならんでいる海岸《かいがん》の通《とお》りを通《とお》るのでした。通《とお》りの海沿《うみぞ》いに立《た》って見《み》ると、①まっさおな海《うみ》の上《うえ》には軍艦《ぐんかん》②だの商船《しょうせん》だのがいっぱいならんでいて、煙突《えんとつ》から煙《けむり》の出《で》ているのや、③ほ柱《ばしら》からほ柱《ばしら》へ万国旗《ばんこっき》をかけわたしたのやがあって、目《め》がいたいようにきれいでした。ぼくはよく岸《きし》に立《た》って、その景色《けしき》を④見《み》わたして、うちに帰《かえ》ると、覚《おぼ》えているだけをできるだけ美《うつく》しく絵《え》に

一串葡萄

有島武郎

我小時候，喜歡畫圖。我所就讀的學校位於橫濱一個叫山手的地方。那一帶是全都住著西洋人的小鎮，我的學校的老師也全都是西洋人。而往返學校，經常經過並排著旅館及西洋人的公司等的濱海公路。站在馬路的靠海一邊瞭望的話，蔚藍的海上排滿著軍艦及商船，有的從煙囪冒出煙，有的在桅桿間掛著萬國旗，眼花撩亂眞是美不勝收。我常常站在岸邊，環視此景，一回到家，想要把所記得的儘可能漂亮的描畫出來。可是，那透明般的大海的藍色和在白色的帆船等近水處所塗的洋紅色，我所擁有的水彩，怎麼樣也畫不好。無論怎麼畫也畫不出眞正的風景中所看到的那種顏色。

かいてみようとしました。けれども、あのすき通《とお》るような海《うみ》の藍色《あいいろ》と、白《しろ》い⑤ほまえ船《せん》などの水《みず》ぎわ近《ちか》くにぬってある洋紅色《ようこうしょく》とは、ぼくの持《も》っている絵《え》の具《ぐ》では、どうしてもうまく出《だ》せませんでした。いくらかいてもかいても、ほんとうの景色《けしき》で見《み》るような色《いろ》にはかけませんでした。

ふと、ぼくは学校《がっこう》の友《とも》だちの持《も》っている西洋絵《せいようえ》の具《ぐ》を思《おも》い出《だ》しました。その友《とも》だちは、やはり西《せい》洋人《ようじん》で、しかもぼくより二《ふた》つぐらい年《とし》が上《うえ》でしたから、身長《せい》は見《み》あげるように大《おお》きい子《こ》でした。ジムというその子《こ》の持《も》っている絵《え》の具《ぐ》は舶来《はくらい》の上等《じょうとう》のもので、軽《かる》い木《き》の箱《はこ》の中《なか》に十二種《じゅうにいろ》の絵《え》の具《ぐ》が、小《ちい》さな墨《すみ》のように四角《しかく》な形《かたち》にかためられて、二列《にれつ》にならんでいました。どの色《いろ》も美《うつく》しかったが、⑥とりわけて、藍《あい》と洋紅《ようこう》とはびっくりするほど美《うつく》し

忽然，我想起同學所擁有的西洋水彩。那個同學也是西洋人，而且比我大兩歲左右，所以是個需要我仰起頭來看的高個子，叫做吉姆的這個小孩所擁有的水彩是舶來的高級品，在輕巧的木盒裏十二色的水彩，像小墨似的被凝固成四角形的形狀排成二列。哪一種顏色都非常美麗，尤其是藍色和洋紅色美得使人吃驚。吉姆雖然個子比我高，但是繪畫卻比我差勁得多了。儘管如此，一塗上那種水彩，連畫得很差勁的圖畫也漂亮得幾乎認不出來了。我

いものでした。ジムはぼくより身長《せい》が高《たか》い⑦くせに、絵《え》はずっとへたでした。それでもその絵《え》の具《ぐ》をぬると、へたな絵《え》さえなんだか見《み》ちがえるように美《うつく》しくなるのです。ぼくはいつでもそれをうらやましいと思《おも》っていました。あんな絵《え》の具《ぐ》さえあれば、ぼく⑧だって、海《うみ》の景色《けしき》を、ほんとうに海《うみ》に見《み》えるようにかいて見《み》せるのになあと、自分《じぶん》の悪《わる》い絵《え》の具《ぐ》をうらみながら考《かんが》えました。そうしたら、その日《ひ》からジムの絵《え》の具《ぐ》が⑨ほしくってほしくってたまらなくなりましたけれど、ぼくはなんだか⑩おくびょうになって、パパにもママにも買《か》ってくださいと願《ねが》う気《き》になれないので、毎日毎日《まいにちまいにち》、その絵《え》の具《ぐ》のことを心《こころ》の中《なか》で思《おも》いつづけるばかりで幾日《いくにち》か日《ひ》がたちました。

今《いま》ではいつのころだったか覚《おぼ》えてはいませんが、

一直羨慕他的這一點，我一邊抱怨自己悪劣的水彩一邊想著，只要有那樣的水彩，就是我也能把大海的景色畫得像眞的一樣讓大家看看啊！這麼一來，從那天起，我就非常的想要得到吉姆的水彩，可是不知爲什麼總覺得我變膽小了，怎麼也鼓不起勇氣，請求爸爸或媽媽買給我，所以每天只是在心裏不斷地想著那水彩之事，就這樣地過了幾天。

現在記不得是什麼時候了，大概是秋天吧！因

秋《あき》だったのでしょう、葡萄《ぶどう》の実《み》が熟《じゅく》していたのですから。天気《てんき》は冬《ふゆ》がくる前《まえ》の秋《あき》によくあるように、空《そら》のおくのおくまで見《み》すかされそうに⑪晴《は》れわたった日《ひ》でした。ぼくたちは先生《せんせい》といっしょに弁当《べんとう》をたべましたが、その楽《たの》しみな弁当《べんとう》の最中《さいちゅう》でも、ぼくの心《こころ》はなんだか落《お》ち着《つ》かないで、その日《ひ》の空《そら》とは⑫うらはらに暗《くら》かったのです。ぼくは自分《じぶん》一人《ひとり》で⑬考《かんが》えこんでいました。だれかが気《き》がついて見《み》たら、顔《かお》もきっと青《あお》かったかもしれません。ぼくはジムの絵《え》の具《ぐ》がほしくってほしくってたまらなくなってしまったのです。胸《むね》がいたむほどほしくなってしまったのです。ジムはぼくの胸《むね》の中《なか》で考《かんが》えていることを知《し》っているにちがいないと思《おも》って、そっとその顔《かお》を見《み》ると、ジムはなんにも知《し》らないように、おもしろそうに笑《わら》ったりして、わき

爲是葡萄成熟的時候。天氣是冬天來臨前，秋天裏經常有的那種天氣，好像天空的深處都能一眼望盡似的萬里無雲的日子。我們和老師一起吃著便當，可是在這愉快的吃便當之中，我的心裏不知爲什麼總覺得平靜不下來。和那天的晴空正好相反，我的心裏是陰暗的。我一個人在沈思默想著。要是有誰注意的話，那時，我的臉色或許是蒼白的。我想要吉姆的水彩想得要命，想得心裏都有些痛苦了，我想吉姆一定知道我心裏所想的事，因此我悄悄地看了他的臉，吉姆好像什麼都不知道似的，愉快地笑著，和坐在旁邊的同學談著話。可是，我覺得那個笑好像知道我的事而笑似的，又覺得他的談話也好像在說著：「待會兒瞧吧！那個日本人一定會拿我的水彩。」我的心情變得很厭煩，可是，吉姆越像是在懷疑我，我就越想得到那盒水彩。

にすわっている生徒《せいと》と話《はなし》をしているのです。でもそのわらっているのがぼくのことを知《し》っていて笑《わら》っているようにも思《おも》えるし、何《なに》か話《はなし》をしているのが、「いまに見《み》ろ、あの日本人《にほんじん》がぼくの絵《え》の具《ぐ》を取《と》るにちがいないから。」といっているようにも思《おも》えるのです。ぼくはいやな気持《きもち》になりました。けれども、ジムがぼくを疑《うたが》っているように⑭見《み》えれば見《み》えるほど、ぼくはその絵《え》の具《ぐ》がほしくてならなくなるのです。

ぼくはかわいい顔《かお》はしていたかもしれないが、からだも心《こころ》も弱《よわ》い子でした。その上《うえ》おくびょう者《もの》で、言《い》いたいことも言《い》わずにすますようなたちでした。だからあんまり人《ひと》からは、かわいがられなかったし、友《とも》だちもないほうでした。昼御飯《ひるごはん》がすむとほかの子《こ》どもたちは活発《かっぱつ》に運動場《うんどうじょう》に出《で》て走《はし》りま

我或許有著一副可愛的臉孔，但身體上和心理上是柔弱的小孩子。而且是個膽小鬼，有個想說也說不出來的性格，所以不太被人喜愛，也沒有朋友。吃完了午飯，別的小孩子都活潑地到操場來回跑著，玩了起來，只有我，那天心情更是異常鬱悶，獨自一個人走進了教室。正因爲外面很明亮，教室就

わって遊《あそ》びはじめましたが、ぼくだけはなおさらその日《ひ》は変《へん》に心《こころ》がしずんで、一人《ひとり》だけ教場《きょうじょう》にはいっていました。そとが明《あか》るいだけに教場《きょうじょう》の中《なか》は暗《くら》くなって、ぼくの心《こころ》の中《なか》のようでした。自分《じぶん》の席《せき》にすわっていながら、ぼくの目《め》は時々《ときどき》ジムの卓《テーブル》の方《ほう》に走《はし》りました。ナイフでいろいろな⑮いたずら書《か》きが彫《ほ》りつけてあって、⑯手あかで真黒《まっくろ》になっているあのふたをあげると、その中《なか》に本《ほん》や雑記帳《ざっきちょう》や石板《せきばん》といっしょになって、飴《あめ》のような木《き》の色《いろ》の絵《え》の具箱《ぐばこ》があるんだ。そしてその箱《はこ》の中《なか》には小《ちい》さい墨《すみ》のような形《かたち》をした藍《あい》や洋紅《ようこう》の絵《え》の具《ぐ》が……。ぼくは顔《かお》が赤《あか》くなったような気《き》がして、思《おも》わずそっぽを向《む》いてしまうのです。けれどもすぐまた横《よこ》目《め》でジムの卓《テーブル》の方《ほう》を見《み》ないではいられませんでした。胸《むね》のところがどきどきとして苦《くる》しいほどでし

顯得陰暗，就好像我心情一樣。雖然坐在自己的位子上，可是我的眼睛時常飛向吉姆的桌上那邊。一打開那用小刀胡亂刻著字跡的，被手垢弄得黑漆漆的蓋子的話，在那裏面，和書、雜記簿、石板混在一起就有個木頭的顏色如麥芽糖的水彩盒。而在那個盒裏有像小墨形狀的藍色和洋紅色的水彩……我覺得臉似乎有些發紅了，不由得把臉扭向一邊。可是馬上，又禁不住用著斜眼向吉姆的書桌方向看去，心裏撲通撲通地跳感覺很痛苦。雖然我一動也不動的坐著，却好像在夢中被妖怪追趕的時候那樣似地心情很緊張。

た。じっとすわっていながら、夢《ゆめ》で鬼《おに》にでも追《お》いかけられた時《とき》のように気《き》ばかり⑰せかせかしていました。

教場《きょうじょう》にはいる鐘《かね》がかんかんと鳴《な》りました。ぼくは思《おも》わずぎょっとして立《た》ち上《あ》がりました。生徒《せいと》たちが大《おお》きな声《こえ》で笑《わら》ったりどなったりしながら、洗《せん》面所《めんじょ》の方《ほう》に手《て》をあらいに出《で》かけて行《い》くのが窓《まど》から見《み》えました。ぼくは急《きゅう》に頭《あたま》の中《なか》が氷《こおり》のように冷《つめ》たくなるのを気味悪《きみわる》く思《おも》いながら、ふらふらとジムの卓《テーブル》の所《ところ》に行《い》って、半分夢《はんぶんゆめ》のようにそこのふたをあげて見《み》ました。そこにはぼくが考《かんが》えていたとおり、雑記帳《ざっきちょう》やえんぴつ箱《ばこ》とまじって見覚《みおぼ》えのある絵《え》の具箱《ぐばこ》がしまってありました。なんのためだか知《し》らないが、ぼくはあっちこっちをむやみに見《み》回《まわ》してから、⑳手早《てばや》くその箱《はこ》のふたをあけて、

進教室的鐘聲噹噹地響了，我不由得大吃一驚站了起來。從窗戶看到同學們一邊大聲笑著、叫嚷著，一邊跑到洗手間去洗手。我突然爲腦海裏變得冰冷，而毛骨悚然起來，一面卻蹣跚地走到吉姆的書桌那兒，一半像做夢似的掀起了書桌蓋子，在那裏正如我所想像的一樣，和雜記簿、鉛筆盒混在一起，有著我眼熟的水彩盒。不知爲了什麼，我左右張望了一下之後，說時遲那時快地手急眼快地打開那盒子的蓋子，拿出藍色和洋紅兩色，立卽塞進了口袋裏。然後急忙地向平常整隊等候老師的地方跑去。

藍《あい》と洋紅《ようこう》との二色《ふたいろ》を取《と》り上《あ》げるが早《はや》いか、ポケットの中《なか》におしこみました。そして急《いそ》いで、いつも整列《せいれつ》して先生《せんせい》を待《ま》っている所《ところ》に走《はし》って行《い》きました。

ぼくたちはわかい女《おんな》の先生《せんせい》に連《つ》れられて教場《きょうじょう》にはいりめいめいの席《せき》にすわりました。ぼくはジムがどんな顔《かお》をしているか見《み》たくってたまらなかったけれども、どうしてもそっちの方《ほう》を㉑ふり向《む》くことができませんでした。でもぼくのしたことをだれも㉒気《き》のついた様子《ようす》がないので、気味《きみ》が悪《わる》いような安心《あんしん》したような心持《こころも》ちでいました。ぼくの大《だい》すきなわかい女《おんな》の先生《せんせい》のおっしゃることなんかは耳《みみ》にははいりははいっても、なんのことだったかちっともわかりませんでした。先生《せんせい》も時々《ときどき》不思議《ふしぎ》そうにぼくの方《ほう》を見《み》ているようでした。

ぼくはしかし、先生《せんせい》の目《め》を見《み》るのがその日《ひ》に限《かぎ》

我們被年輕的老師領著進入教室，在各自的坐位坐下來。我想看吉姆的臉色想看得要命，可是無論如何也不能向那邊轉過臉去。可是，我所做的事好像誰也沒有注意到的樣子，所以我心裏有一種害怕似的，而又有點放心似的感覺。我最喜歡的年輕女老師所說的話，聽是聽見了，不過說些什麼，我却一點兒也不知道，老師有時候也好像很奇怪似地看著我。

可是我就只有那一天，不知爲什麼總覺得不願看

ってなんだかいやでした。そんなふうで一時間《いちじかん》がたちました。なんだかみんな㉓耳《みみ》こすりでもしているようだと思《おも》いながら一時間《いちじかん》がたちました。

教場《きょうじょう》を出《で》る鐘《かね》が鳴《な》ったので、ぼくは㉔ほっと安心《あんしん》してため息《いき》をつきました。けれども、先生《せんせい》が行《い》ってしまうと、ぼくはぼくの級《クラス》でいちばん大《おお》きな、そしてよくできる生徒《せいと》に、

「ちょっとこっちにおいで。」と㉕ひじの所《ところ》をつかまれていました。ぼくの胸《むね》は、宿題《しゅくだい》をなまけたのに先生《せんせい》に名《な》をさされた時《とき》のように、思《おも》わずどきんと㉖ふるえはじめました。けれどもぼくはできるだけ知《し》らないふりをしていなければならないと思《おも》って、わざと㉗平気《へいき》な顔《かお》をしたつもりで、しかたなしに運動場《うんどうじょう》のすみに連《つ》れて行《い》かれました。

「君《きみ》はジムの絵《え》の具《ぐ》を持《も》っているだろう。ここ

老師的眼睛。就這樣地過了一個小時，我總覺得大家好像在交頭接耳或什麼似的，就這樣過了一個小時。

因爲下課的鐘聲響了，我放下心的嘆了一口氣。可是，老師一走出去，我就被我們班上最大而且成績很好的同學抓住了胳膊說：

「到這邊來一下」，我的心情就像是因偷懶沒做功課，而被老師指名時候一樣，不由得開始發抖打顫起來。但是我認爲必須儘量裝著不知道的樣子，所以打算故意裝著滿不在乎的表情但，無可奈何地被帶到運動場的角落去。

「你拿了吉姆的水彩吧！交到這兒來！」

に出《だ》したまえ。」

そういって、その生徒《せいと》はぼくの前《まえ》に大《おお》きく広《ひろ》げた手《て》をつき出《だ》しました。そういわれるとぼくはかえって心《こころ》が落《お》ち着《つ》いて、

「そんなもの、ぼく持《も》ってやしない。」

と、つい㉘でたらめをいってしまいました。そうすると三《さん》、四人《よにん》の友《とも》だちといっしょにぼくのそばに来《き》ていたジムが、

「ぼくは昼休《ひるやす》みの前《まえ》にちゃんと絵《え》の具箱《ぐばこ》を調《しら》べておいたんだよ。一《ひと》つもなくなってはいなかったんだよ。そして昼休《ひるやす》みが済《す》んだら二《ふた》つなくなっていたんだよ。そして休《やす》みの時間《じかん》に教場《きょうじょう》にいたのはきみだけじゃないか。」

とすこしことばをふるわせながら言いかえしました。

ぼくはもうだめだと思《おも》うと急《きゅう》に頭《あたま》の中《なか》に血《ち》が流《なが》

說著，那個學生便把張開著的大手伸到我的前面，被他這麼一說，我反而沈着著。說：
「我沒有那樣的東西。」
終於，我信口開河的說了謊話，這麼一來，和三、四個同學一起來到我旁邊的，吉姆說：
「我在中午休息時間以前，明明檢查過水彩盒呀！一個也不少啊！可是中午休息時間之後却丟了兩個，而休息時間在教室的不就是只有你一個人嗎？」
語聲有些顫抖的反駁說了。
我一想這下子可糟了，突然血液沖上頭來，而

れこんで来《き》て、顔《かお》が真赤《まっか》になったようでした。するとだれだったかそこに立《た》っていた一人《ひとり》が㉙いきなりぼくのポケットに手《て》を㉚さしこもうとしました。ぼくはいっしょうけんめいにそうはさせまいとしましたけれども、多勢《たぜい》に無勢《ぶぜい》でとてもかないません。ぼくのポケットの中《なか》からは、見《み》る見《み》るマーブル玉《だま》（今のビー玉《だま》のことです）や鉛《なまり》のメンコなどといっしょに、二《ふた》つの絵《え》の具《ぐ》のかたまりがつかみ出《だ》されてしまいました。「それ見《み》ろ」といわんばかりの顔《かお》をして、子《こ》どもたちはにくらしそうにぼくの顔《かお》を㉛にらみつけました。ぼくのからだはひとりでにぶるぶるふるえて、目《め》の前《まえ》が真暗《まっくら》になるようでした。いいお天気《てんき》なのに、みんな休《やす》み時間《じかん》をおもしろそうに遊《あそ》び回《まわ》っているのに、ぼくだけはほんとうに心《こころ》から㉜しおれてしまいました。

好像滿臉通紅。這時，站在那裏的一個人，不知是誰冷不防要把手伸到我的口袋裏，我拚命的不讓他往裏伸，可是寡不敵衆，怎麼也抵擋不住，眼看著從我的口袋裏把和玻璃珠、鉛的面具等在一起的二塊水彩給掏出來了，孩子們幾乎都帶著「你看。」的表情，憎惡似的瞪著眼睛，我的身體不由自主的顫抖，眼前好像變成一片黑漆漆。天氣是好的，大家在休息時間都好像很有趣的玩著，可是只有我從心裏垂頭喪氣。

あんなことを、なぜしてしまったんだろう。㉝取《と》りかえしのつかないことになってしまった。もうぼくはだめだ。そんなに思《おも》うと、㉞弱虫《よわむし》だったぼくは、さびしく悲《かな》しくなってきて、しくしくと泣《な》きだしてしまいました。

「泣《な》いて㉟おどかしたってだめだよ。」

と、よくできる大《おお》きな子《こ》が、㊱ばかにするようなにくみきったような声《こえ》で言《い》って、動《うご》くまいとするぼくを、みんなで㊲寄《よ》ってたかって二階《にかい》に引《ひ》っぱって行《い》こうとしました。ぼくはできるだけ行《い》くまいとしたけれども、とうとう力《ちから》まかせに引《ひ》きずられて、㊳はしご段《だん》を、登《のぼ》らせられてしまいました。そこにぼくのすきな受持《うけもち》の先生《せんせい》の部屋《へや》があるのです。

やがて、その部屋《へや》の戸《と》をジムがノックしました。

為什麼做出了這種事呢？已經是不可挽回的了，我是完了，這麼一想，懦弱的我就感到寂莫、悲傷起來，抽抽搭搭的哭起來了。

「用哭來嚇唬人也沒有用！」

那個成績很好的大個子，像瞧不起似的，用很憎惡似的聲音說著，大家圍攏起來想把不肯動的我拉到二樓去。我儘量想不去，終於還是唯力是從，被拖上了樓梯。那裏有我最喜歡的級任老師的房間。

不久，吉姆敲了那個房間的門，敲門就是詢問

ノックするとは、はいってもいいかと㊴戸《と》をたたくことなのです。中《なか》からはやさしく「おはいり。」という先生《せんせい》の声《こえ》が聞《き》こえました。ぼくは、その部屋《へや》にはいる時《とき》ほどいやだと思《おも》ったことは㊵またとありません。

何《なに》か書《か》きものをしていた先生《せんせい》は、㊶どやどやとはいって来《き》たぼくたちを見《み》ると、少《すこ》しおどろいたようでした。が、女《おんな》のくせに男《おとこ》のように頸《くび》の所《ところ》でぷつりと切《き》った髪《かみ》の毛《け》を右《みぎ》の手《て》でなであげながら、いつものとおりのやさしい顔《かお》をこちらに向《む》けて、ちょっと首《くび》をかしげただけで、なんの御用《ごよう》、というふうをなさいました。そうすると、よくできる大《おお》きな子《こ》が前《まえ》に出《で》て、ぼくがジムの絵《え》の具《ぐ》をとったことをくわしく先生《せんせい》に言《い》いつけました。先生《せんせい》はすこしくもった顔《かお》つきをして、まじめに、みんな

可不可以進去而叩門的。從裏邊傳來了溫柔的老師的聲音說：「請進」。我沒有比進入那間房子的時候再感到難過的了。

不知在寫著什麼東西的老師看到蜂擁而入的我們，好像有點吃驚。不過，她雖然是個女的，却像男人一樣，從脖子那兒剪了頭髮，一邊用右手往上撫弄頭髮，一邊把那和往常一樣慈祥的臉向這邊轉過來，只是稍微歪着頭，作出詢問，有什麼事、的樣子。這麼一來，成績很好的大個子走上前來，把我拿了吉姆水彩的事詳細地告訴了老師。老師帶著有點陰沉的臉色，認眞的看了大家的臉，看了半哭著的我的臉，比照了一下，然後對我說：「那是眞的嗎？」雖然是眞的，但是讓我所喜歡的老師知道我

の顔《かお》や、半分《はんぶん》なきかかっているぼくの顔《かお》を見《み》くらべていなさいましたが、ぼくに、「それはほんとうですか。」と聞《き》かれました。ほんとうなんだけれども、ぼくがそんないやなやつだということを、どうしてもぼくのすきな先生《せんせい》に知《し》られるのが、つらかったのです。だからぼくは、答《こた》える代《か》わりにほんとうに泣《な》きだしてしまいました。

先生《せんせい》はしばらくぼくを見《み》つめていましたが、やがて生徒《せいと》たちに向《む》かって、静《しず》かに、「もういってもようございます。」といって、みんなを㊷かえしてしまわれました。生徒《せいと》たちは少《すこ》し物足《ものた》らなそうにどやどやと下《した》におりていってしまいました。

先生《せんせい》はすこしの間《あいだ》なんとも言《い》わずに、ぼくの方《ほう》も向《む》かずに、自分《じぶん》の手《て》のつめを見《み》つめていましたが、やがて静《しず》かに立《た》って来《き》て、ぼくの肩《かた》の所《ところ》を㊸

是那樣討厭的傢伙，這無論如何也是非常痛苦的，所以我眞的哭了起來，代替了回答。

老師凝視了我一會兒，然後向同學們輕聲的說：「你們可以回去了。」把大家都打發走了。學生們有點不滿足似的，一擁地下樓去了。

老師有一會兒什麼也沒說，也不向我這邊，凝視著自己的指甲，接著，靜靜的站了起來，摟著我的肩膀似的，小聲的問說：「水彩已經歸還了嗎？」

抱《だ》きすくめるようにして、「絵《え》の具《ぐ》はもう返《かえ》しましたか。」と、小《ちい》さな声《こえ》でおっしゃいました。ぼくは返《かえ》したことをしっかり先生《せんせい》に知《し》ってもらいたいので、深々《ふかぶか》とうなずいてみせました。

「あなたは自分《じぶん》のしたことをいやなことだったと思《おも》っていますか。」

もう一度《いちど》そう先生《せんせい》が静《しず》かにおっしゃった時《とき》には、ぼくはもうたまりませんでした。ぶるぶるとふるえてしかたがないくちびるを、かみしめてもかみしめても泣《な》き声《こえ》が出《で》て、目《め》からは涙《なみだ》がむやみに流《なが》れて来《く》るのです。もう先生《せんせい》に抱《だ》かれたまま死《し》んでしまいたいような心持《こころもち》になってしまいました。

「あなたはもう泣《な》くんじゃない。よくわかったらそれでいいから泣《な》くのをやめましょう、ね。次《つぎ》の時間《じかん》には教場《きょうじょう》に出《で》ないでもよろしいから、私《わたし》のこのお部屋《へや》にい

我想讓老師確實知道是還了，所以就深深地點了頭。

「你覺得自己做的事是一件壞事嗎？」

老師再一次靜靜地這麼說的時候，我已經無法忍受了。不管怎麼咬住顫抖著的嘴唇，也沒辦法，還是哭了出來，眼淚奪眶而出。心想著，希望就那樣讓老師摟著死去！

「你不要再哭了，知道了就好，別哭了，好嗎？下一節課，不到教室去也沒關係，就在我的這個房間裏待著，靜靜地待在這兒吧！一直到我從教室

らっしゃい。静《しず》かにしてここにいらっしゃい。私《わたし》が教場《きょうじょう》から帰《かえ》るまでここにいらっしゃいよ。いい？」

とおっしゃりながら、ぼくを長椅子《ながいす》にすわらせて、その時《とき》、また勉強《べんきょう》の鐘《かね》が鳴《な》ったので、つくえの上《うえ》の書物《しょもつ》を取《と》り上《あ》げて、ぼくの方《ほう》を見《み》ていられましたが、二階《にかい》の窓《まど》まで高《たか》くはい上《あ》がった葡萄蔓《ぶどうづる》から、一房《ひとふさ》の西洋葡萄《せいようぶどう》をもぎとって、しくしくと泣《な》きつづけていたぼくのひざの上《うえ》にそれをおいて、静《しず》かに部屋《へや》を出《で》て行《い》きなさいました。

一時《いちじ》がやがやと㊹やかましかった生徒《せいと》たちはみんな教場《きょうじょう》にはいって、急《きゅう》にしんとするほどあたりが静《しず》かになりました。ぼくはさびしくってさびしくってしようがないほど悲《かな》しくなりました。あのくらいすきな先生《せんせい》を苦《くる》しめたかと思《おも》うと、ぼくはほんとうに悪《わる》いことをしてしまったと思《おも》いました。葡萄《ぶどう》などは

回來哦！好嗎？」

一邊說，一邊讓我坐在長椅子上，這時上課鐘又響了，她拿起書桌上的書本，看了我這邊，從高高地爬到二樓窗戶上來的葡萄藤上摘了一串西洋葡萄，放在抽抽搭搭繼續哭著的我的膝上，而後輕輕地走出了房間。

一時，吵雜叫鬧的學生們全都進入教室了，附近一下子變得寂靜無聲，我非常寂莫、悲傷了起來。一想到讓我那麼喜歡的老師遭受到痛苦，我覺得自己眞的做了壞事。那有吃葡萄的心情？我始終在哭著。

とても食《た》べる気《き》になれないで、いつまでも泣《な》いていました。

ふと、ぼくは肩《かた》を軽《かる》くゆすぶられて目《め》をさましました。ぼくは先生《せんせい》の部屋《へや》で、㊺いつのまにか泣《な》き寝入《ねい》りをしていたと見《み》えます。すこしやせて身《せ》長《い》の高《たか》い先生《せんせい》は、笑顔《えがお》を見《み》せてぼくを見《み》おろしていられました。ぼくは、ねむったために気分《きぶん》がよくなって今《いま》まであったことはわすれてしまってすこしはずかしそうに笑《わら》いかえしながら、あわてて、ひざの上《うえ》からすべり落《お》ちそうになっていた葡萄《ぶどう》の房《ふさ》をつまみ上《あ》げましたが、すぐ悲《かな》しいことを思《おも》い出《だ》して、笑《わら》いも何《なに》も㊻引《ひ》っこんでしまいました。

「そんなに悲《かな》しい顔《かお》をしないでもよろしい。もうみんなは帰《かえ》ってしまいましたから、あなたもお帰《かえ》りなさい。そして、明日《あす》はどんなことがあって

突然，我的肩膀被輕輕地搖幌著，而醒了過來，看來我好像在老師的房間裏不知不覺地哭著睡著了。稍瘦，個子高的老師，帶著笑容俯視著我，我因爲睡著了，心情變好了，把剛才發生的事忘光了，稍有點不好意思的報以微笑，一邊慌忙地將幾乎快從膝上滑落下去的葡萄串抓起來，可是馬上又想起悲傷的事，什麼笑容也都消失掉了。

「不要那麼愁眉苦臉了，大家都已經回家了，你也回去吧！而，明天不管有任何事，也一定要到學校來啊！要是看不到你，我會傷心的哦！一定的

も学校《がっこう》に来《こ》なければいけませんよ。あなたの顔《かお》を見《み》ないと、私《わたし》は悲《かな》しく思《おも》いますよ。きっとですよ。」

そういって、先生《せんせい》はぼくのカバンの中《なか》にそっと葡萄《ぶどう》の房《ふさ》を入《い》れてくださいました。ぼくは、いつものように、海岸通《かいがんどお》りを、海《うみ》をながめたり船《ふね》をながめたりしながら、つまらなく家《うち》に帰《かえ》りました。

そして、葡萄《ぶどう》をおいしく食《た》べてしまいました。

けれども、次《つぎ》の日《ひ》が来《く》ると、ぼくはなかなか学《がっ》校《こう》に行《い》く気《き》にはなれませんでした。おなかがいたくなればいいと思《おも》ったり、頭痛《ずつう》がすればいいと思《おも》ったりしたけれども、その日《ひ》に限《かぎ》って、㊼虫歯《むしば》一《いっ》本《ぽん》いたみもしないのです。しかたなしに、㊽いやいやながら家《うち》は出《で》ましたが、ぶらぶらと考《かんが》えながら歩《ある》きました。どうしても学校《がっこう》の門《もん》をはいること

喲！」

這麼説著，老師悄悄地將葡萄串放入我的書包裏，我像平常一樣，在濱海公路，眺望著大海，眺望著船，無精打采地回家。而津津有味地把葡萄吃了。

可是到了第二天，我很不想到學校去，我想要是肚子痛起來就好了，或頭痛起來就好了，可是就只有那一天，連一顆蛀牙也不痛。沒辦法只好勉強的走出了家門，一邊信步而行一邊想著。總覺得無論如何也不能進入學校的門，可是一想起老師分別時所說的話，不管怎樣我希望見老師一面。我要是不去的話，老師一定會傷心的。想讓老師慈祥的眼

はできないように思《おも》われたのです。けれども、先《せん》生《せい》の別《わか》れの時《とき》のことばを思《おも》い出《だ》すと、ぼくは先生《せんせい》の顔《かお》だけは、なんといっても見《み》たくてしかたがありませんでした。ぼくが行《い》かなかったら、先生《せんせい》はきっと悲《かな》しく思《おも》われるにちがいない。もう一度《いちど》先《せん》生《せい》のやさしい目《め》で見《み》られたい。ただその一事《ひとこと》があるばかりで、ぼくは学校《がっこう》の門《もん》を㊾くぐりました。

そうしたら、どうでしょう、まず第一《だいいち》に待《ま》ちきっていたようにジムが飛《と》んできて、ぼくの手《て》をにぎってくれました。そして昨日《きのう》のことなんかわすれてしまったように、親切《しんせつ》にぼくの手《て》をひいて、㊿どぎまぎしているぼくを先生《せんせい》の部屋《へや》に連《つ》れて行《い》くのです。ぼくはなんだかわけがわかりませんでした。学校《がっこう》に行《い》ったらみんなが遠《とお》くの方《ほう》からぼくを見《み》て、「見《み》ろ、どろぼうのうそつきの日本人《にほんじん》が

睛再看我一次，只爲了這件事，我鑽進了校門。

這麼一來，怎樣呢？首先好像等了很久似的吉姆飛跑了過來，握住我的手。好像把昨天的事完全忘掉似的，親切的拉著我的手，把神色慌張的我，帶到老師的房間去。我茫然不解這是怎麼一回事。雖然我想，如果到了學校，大家會從遠處看着我說：「你看，偷東西的說謊話的日本人來了。」這類的壞話，可是竟然受到這樣對待，我心裡反而覺得不安。大概聽到我們兩個人的脚步聲吧！老師在吉

来《き》た。」とでも悪口《わるくち》をいうだろうと思《おも》っていたのに、こんなふうにされると、気味《きみ》が悪《わる》いほどでした。ふたりの足音《あしおと》を聞《き》きつけてか、先生《せんせい》はジムがノックしない前《まえ》に戸《と》をあけてくださいました。二《ふ》人《り》は部屋《へや》の中《なか》にはいりました。

「ジム、あなたはいい子《こ》。よく私《わたし》の言《い》ったことがわかってくれましたね。ジムはもうあなたから(51)あやまってもらわなくってもいいと言《い》っています。二人《ふたり》は今《いま》からいいお友《とも》だちになればそれでいいんです。ふたりとも、じょうずに握手《あくしゅ》をなさい。」と、先生《せんせい》はにこにこしながら、ぼくたちを向《む》かい合《あ》わせました。ぼくは、でもあんまりかってすぎるようで(52)もじもじしていますと、ジムはぶらさげていたぼくの手をいそいそと引《ひ》っぱり出《だ》して、かたくにぎってくれました。ぼくは、もうなんと

姆未敲門之前，就把門給打開了。我們兩個人進入了房間裏。

「吉姆，你是個好孩子，眞聽我說的話啊！吉姆說你可以不必向他道歉了，兩人從現在起成爲好朋友就好了。兩個人都好好的握握手吧！」老師微笑著讓我們相對，當我覺得這樣做，可有點不太像話，而不知如何是好的時候，吉姆却急忙把我搭拉著的手，拉到前面，緊緊地握了起來。我已經不知道說什麼來表達這種高興的心情才好，因此只有羞答答地發笑而已。吉姆也心情愉快地帶著微笑。老師笑著問我說：

いってこのうれしさを表《あら》わせばいいのかわからないで、ただはずかしく笑《わら》うほかありませんでした。ジムも気持《きもち》よさそうに、笑顔《えがお》をしていました。先《せん》生《せい》はにこにこしながら、ぼくに、

「昨日《きのう》の葡萄《ぶどう》はおいしかったの。」と、問《と》われました。ぼくは顔《かお》を真赤《まっか》にして、「ええ。」と㊸白状《はくじょう》するよりしかたがありませんでした。

「そんなら、またあげましょうね。」

そういって、先生《せんせい》は真白《まっしろ》なリンネルの着物《きもの》につつまれたからだを窓《まど》からのび出《だ》させて、葡萄《ぶどう》の一《ひと》房《ふさ》をもぎ取《と》って、真白《まっしろ》い左《ひだり》の手《て》の上《うえ》に粉《こ》の㊹ふいたむらさき色《いろ》の房《ふさ》を乗《の》せて、細長《ほそなが》い銀色《ぎんいろ》の㊺はさみでまん中《なか》から㊻ぷつりと二つに切《き》って、ジムとぼくとにくださいました。真白《まっしろ》い㊼手《て》のひらにむらさき色《いろ》の葡萄《ぶどう》のつぶが重《かさ》なって乗《の》っていたその

「昨天的葡萄好吃嗎？」

我沒有辦法只有紅著臉承認說「嗯！」

「要是那樣的話再給你一些吧！」

這樣說著，老師把她那包在雪白的麻紗布的衣服裏的身體，從窗戶伸出去，摘了一串葡萄，潔白的左手上，托著沾著粉的紫色的葡萄，然後用細長銀色的剪刀，從正中央咔嗒一聲剪成兩半，給我和吉姆。在那潔白手掌上的葡萄粒重疊著，那種美麗，到現在我還能清楚地想起來。

美《うつく》しさを、ぼくは今《いま》でもはっきりと思《おも》い出《だ》すことができます。

ぼくはその時《とき》から、前《まえ》よりすこしいい子《こ》になり、すこし㊿はにかみ屋でなくなったようです。

それにしても、ぼくの大《だい》すきなあのいい先生《せんせい》はどこに行《い》かれたでしょう。もう二度《にど》とは会《あ》えないと知《し》りながら、ぼくは今《いま》でも、あの先生《せんせい》がいたらなあと思《おも》います。秋《あき》になると、いつでも葡萄《ぶどう》の房《ふさ》はむらさきに色《いろ》づいて、美《うつく》しく粉《こ》をふきますけれども、それを受《う》けた大理石《だいりせき》のような白《しろ》い美《うつく》しい手《て》は、どこにも見《み》つかりません。　（角川文庫）

我從那時起，變得比以前好，好像變得不那麼害臊了。

雖然如此，可是我最喜歡的那位好老師，到哪裏去了呢！雖然明知不會再見第二次面的，但是我現在仍想著要是那位老師在的話該多好啊。每到秋天，葡萄串兒變成紫色，上面沾著美麗的白粉，可是拿著它的那隻大理石似的美麗的白手，到哪裏也找不到了。

註釋

1. まっさお：深藍、蔚藍。
2. …だの…だの：等等。之類。用以表示事物的並列。
3. ほ柱：船桅、桅桿。

4.見わたす：環視。瞭望。
5.ほまえ船：帆船。
6.とりわけ（て）：尤其。特別。
7.くせに：雖然……但是。
8.だって：即使。就連。表示限定＝でも。
9.ほしくってほしくって：ほしくて。想要。
10.おくびょう：膽怯、膽小。
11.晴れわたった日：萬里無雲的日子。
12.うらはら：相反。
13.考えこむ：沉思。
14.見れば見るほど：越看越……。
15.いたずら書き：亂塗、亂畫。
16.手あか：手垢。
17.せかせかする：焦急不安。
18.気味悪い：毛骨悚然、害怕。
19.見覚え：眼熟、熟悉。
20.手早く：敏捷地。
21.ふり向く：回頭看。
22.気がつく：發覺。
23.耳こすり：耳語。
24.ほっと：安心貌、嘆氣貌。
25.ひじ：胳膊。
26.ふるえる：發抖、打顫。
27.平気な顔をする：頗不在乎，若無其事。
28.でたらめを言う：胡說八道、信口開河。
29.いきなり：突然很快地。
30.さしこむ：插入。
31.にらみつける：瞪眼睛。
32.しおれる：沮喪。
33.取り返す：挽回。

34.弱虫：膽小鬼、懦弱的人。
35.おどかす：威嚇。
36.ばかにする：瞧不起、輕侮。
37.寄ってたかって：全體。大家一起。
38.はしごだん：樓梯。
39.戸をたたく：敲門。
40.またとありません：再也沒有。
41.どやどや：蜂擁而入。
42.かえす：使（打發）回去。
43.だきすくめる：抱住不讓動。
44.やかましい：吵鬧的。
45.いつの間にか：不知不覺中。
46.ひっこむ：退縮、隱退。
47.虫歯：蛀牙。
48.いやいや：勉强、不願意。
49.くぐる：鑽進。
50.どぎまぎ：不知如何是好、慌張。
51.あやまる：道歉。
52.もじもじする：手足無措、坐臥不安。
53.はくじょうする：招供、承認。
54.ふく：沾。
55.はさみ：剪刀。
56.ぷつり：剪斷之聲。
57.手のひら：手掌。
58.はにかみ屋：害臊的人。

有島武郎

明治十一年（一八七八）～大正十二年（一九二三）。小說家、評論家。東京都人。札幌農學校畢業。明治三十六年（一九〇三）到美國哈佛大學留學三年。

白樺派中最富思考的作家，他先受老師內村鑑三的影響，學到基督教人道主義，留學美國以後受到民主主義詩人惠特曼的影響，所以是受西歐教養最深的作家，一個有良心的人道主義者。

他一心一意的要在社會現實裏面去追求近代知識分子對人類的愛和社會意識，但終於失敗了，於是在大正十二年（一九二三）六月九日在輕井澤的別墅和波多野子情死。

主要的作品有

〔カインの末裔〕（大正六年發表）　〔生れ出づる悩み〕・〔小さき者へ〕（大正七年發表）

〔或る女〕（大正八年刋）　〔惜みなく愛は奪ふ〕（大正九年刋）　〔宣言一つ〕（大正十一年發表）

高瀬舟《たかせぶね》

森鷗外《もりおうがい》

高瀬舟《たかせぶね》は京都《きょうと》の⑴高瀬川《たかせがわ》を上下《じょうげ》する小舟《こぶね》である。徳川時代《とくがわじだい》に京都《きょうと》の罪人《ざいにん》が遠島《えんとう》を申《もう》し渡《わた》されると、本人《ほんにん》の親類《しんるい》が牢屋敷《ろうやしき》へ呼《よ》び出《だ》されて、そこで②暇《いとま》ごいをすることを許《ゆる》された。それから罪人《ざいにん》は高瀬《たかせ》舟《ぶね》にのせられて、大阪《おおさか》へまわされることであった。それを護送《ごそう》するのは、京都《きょうと》③町奉行《まちぶぎょう》の配下《はいか》にいる④同心《どうしん》で、この同心《どうしん》は罪人《ざいにん》の親類《しんるい》のなかで、おもだったひとりを大阪《おおさか》まで同船《どうせん》させることを⑤許《ゆる》す慣例《かんれい》であった。これは上《かみ》へ通《かよ》ったことではないが、いわゆる⑥大目《おおめ》に見《み》るのであった、黙許《もっきょ》であった。

当時《とうじ》、遠島《えんとう》を申《もう》し渡《わた》された罪人《ざいにん》は、もちろん重《おも》い科《とが》をおかしたものと認《みと》められた人《ひと》ではあるが、けっしてぬすみをするために、人《ひと》を殺《ころ》し火《ひ》を放《はな》っ

高瀨舟

森鷗外

高瀨舟是往返於京都高瀨川上的小船。在德川時代，京都的犯人，一被宣判流放荒島的話，他的親屬會被傳喚到監牢裏，允許他們在那裏和犯人告別。然後，犯人乘上高瀨舟被押送到大阪。負責押解的是隸屬於京都町奉行的公差。有個慣例是這個公差，允許犯人的一個最主要的親屬，同船到大阪，雖然這不是上面所認可，但却是所謂的不加追究，是一種默許。

當時，被流放到荒島的犯人，當然都是被認爲是犯了重罪的人，但是像爲了盜竊，而殺人放火之類的兇惡人物並不是占多數。乘坐高瀨舟上的犯人，大

—

たというような、獰悪《どうあく》な人物《じんぶつ》が多数《たすう》を占《し》めていたわけではない。高瀬舟《たかせぶね》にのる罪人《ざいにん》の過半《かはん》は、いわゆる⑦心得《こころえ》ちがいのために、⑧思《おも》わぬ科《とが》をおかした人《ひと》であった。ありふれた例《れい》をあげてみれば、当時《とうじ》⑨相対死《あいたいし》といった情死《じょうし》をはかって、相手《あいて》の女《おんな》を殺《ころ》して、自分《じぶん》だけ生《い》き残《のこ》った男《おとこ》というようなたぐいである。

そういう罪人《ざいにん》をのせて、入相《いりあい》の鐘《かね》の鳴《な》るころに漕《こ》ぎだされた高瀬舟《たかせぶね》は、黒《くろ》ずんだ京都《きょうと》の町《まち》の家家《いえいえ》を両岸《りょうあん》に見《み》つつ、東《ひがし》へ走《はし》って、加茂川《かもがわ》を横《よこ》ぎってくだるのであった。この舟《ふね》の中《なか》で、罪人《ざいにん》とその親《しん》類《るい》のものとは夜《よ》どおし身《み》の上《うえ》を語《かた》り合《あ》う。いつもいつも⑩悔《く》やんでも返《かえ》らぬ⑪繰《く》り言《ごと》である。護送《ごそう》の役《やく》をする同心《どうしん》は、そばでそれを聞《き》いて、罪人《ざいにん》を出《だ》した親戚眷族《しんせきけんぞく》の悲惨《ひさん》な境遇《きょうぐう》をこまかに知《し》ること

部分是因爲所謂的輕率，而犯了意想不到的罪行，就舉個常見的例子來說，當時圖謀所謂的雙死的殉情，殺了女方，而自己却獨自活下來的男人，就屬於此類。

載著這類的犯人，在佛寺的晚鐘敲響的時候，划出的高瀨舟，離開了兩岸薄暮籠罩的京都市街向東駛去，穿過加茂川順流而下。在船上，犯人和他的親戚通宵達旦地談著自己的身世。都是些無盡無休的後悔莫及的牢騷話。擔任押解的公差就在一旁傾聽，所以能夠了解到犯人的親戚眷屬的悲慘境遇。然而這悲慘的遭遇畢竟不是那些在公堂上，聽聽表面的口供，或是坐在衙門的桌上閱讀供詞的官員們

ができた。しょせん町奉行《まちぶぎょう》の白洲《しらす》で、表向《おもてむ》きの口供《こうきょう》を聞《き》いたり、役所《やくしょ》の机《つくえ》の上《うえ》で、口書《くちが》きを読《よ》んだりする役人《やくにん》の⑫夢《ゆめ》にもうかがうことのできぬ境遇《きょうぐう》である。

同心《どうしん》をつとめる人《ひと》にも、いろいろの性質《せいしつ》があるから、このときただうるさいと思《おも》って、耳《みみ》をおおいたく思《おも》う冷淡《れいたん》な同心《どうしん》があるかと思《おも》えば、またしみじみと人《ひと》のあわれを身《み》に引《ひ》き受《う》けて、⑬役柄《やくがら》ゆえけしきには見《み》せぬながら、無言《むごん》のうちにひそかに胸《むね》を痛《いた》める同心《どうしん》もあった。⑭場合《ばあい》によって非常《ひじょう》に悲惨《ひさん》な境遇《きょうぐう》に陥《おちい》った罪人《ざいにん》とその親類《しんるい》とを、とくに心弱《こころよわ》い⑮なみだもろい同心《どうしん》が宰領《さいりょう》してゆくことになると、その同心《どうしん》は不覚《ふかく》の涙《なみだ》を禁《きん》じえぬのであった。

そこで高瀬舟《たかせぶね》の護送《ごそう》は、町奉行所《まちぶぎょうしょ》の同心仲間《どうしんなかま》で、

無論如何也想不到的境遇。

因爲做公差的人也有各種不同的性格，所以在這個時候既有冷酷的公差，覺得厭煩，想掩起耳朵來。也有的公差則深深感受了別人的悲哀，雖然由於職務上的關係而不敢表露出來，在默默無言中，內心却暗暗悲傷難過。有時候，一個陷入慘境的犯人和他們的親人，要是由一位心軟而又容易落淚的公差押解的話，那位公差也會禁不住流下淚來。

因此押解高瀨舟之事，對町奉行所的公差們來

不快《ふかい》な職務《しょくむ》として嫌《きら》われていた。

いつのころであったか。たぶん江戸《えど》で白河楽翁《しらかわらくおう》侯《こう》が政柄《せいへい》をとっていた⑯寛政《かんせい》のころででもあっただろう。智恩院《ちおんいん》の桜《さくら》が入相《いりあい》の鐘《かね》に散《ち》る春《はる》のゆうべに、これまで類《るい》のない、珍《めずら》しい罪人《ざいにん》が高瀬舟《たかせぶね》に載《の》せられた。

それは名《な》を喜助《きすけ》といって三十歳《さんじっさい》ばかりになる。住所不定《じゅうしょふじょう》の男《おとこ》である。もとより牢屋敷《ろうやしき》に呼《よ》び出《だ》されるような親類《しんるい》はないので、舟《ふね》にもただひとりでのった。

護送《ごそう》を命《めい》ぜられて、いっしょに舟《ふね》にのりこんだ同心羽田庄兵衛《どうしんはねだしょうべえ》は、ただ喜助《きすけ》が弟殺《おとうところ》しの罪人《ざいにん》だということだけを聞《き》いていた。さて牢屋敷《ろうやしき》から⑰桟《さん》橋《ばし》までつれてくるあいだ、このやせ肉《じし》の、色《いろ》の青《あお》

說是個不愉快的職務而所討厭。

是什麼時候的事呢？大概是，白河樂翁侯在江戸執政的寬政年間的事吧！智恩院的櫻花在佛寺的晚鐘聲中凋落的春天的傍晚，一個至今未曾有過的稀奇的犯人被押上了高瀨舟。

他的名字叫做喜助。三十歲左右，居無定所的男人。因為並沒有可被傳到牢房來的親屬，所以在船上也只坐了一個人。

奉命押解而一起乘船的公差是羽田庄兵衞，他只聽說喜助是個殺死弟弟的犯人。且說，從牢房中帶到碼頭之間，仔細的看了這個身體消瘦臉色蒼白的喜助的態度，那麼老實，那麼的溫順。把自己當做朝

白《じろ》い喜助《きすけ》のようすを⑱見《み》るに、いかにも神妙《しんみょう》に、いかにもおとなしく、⑲自分《じぶん》をば⑳公儀《こうぎ》の役人《やくにん》としてうやまって、何事《なにごと》につけてもさからわぬようにしている。しかもそれが、罪人《ざいにん》のあいだに往往《おうおう》見受《みう》けるような、温順《おんじゅん》をよそおって権勢《けんせい》に㉑媚《こ》びる態度《たいど》ではない。

庄兵衛《しょうべえ》は不思議《ふしぎ》に思《おも》った。そして舟《ふね》にのってからも、単《たん》に役目《やくめ》の表《おもて》で見張《みは》っているばかりでなく、たえず喜助《きすけ》の挙動《きょどう》にこまかい注意《ちゅうい》をしていた。

その日《ひ》は暮《く》れがたから風《かぜ》がやんで空一面《そらいちめん》をおおったうすい雲《くも》が月《つき》の輪廓《りんかく》をかすませ、ようよう近《ちか》寄《よ》って来《く》る夏《なつ》のあたたかさが、両岸《りょうがん》の土《つち》からも、川床《かわどこ》の土《つち》からも、もやになって立《た》ち昇《のぼ》るかと思《おも》われる夜《よる》であった。下京《しもきょう》の町《まち》を離《はな》れて、加茂川《かもがわ》を横《よこ》ぎったころからは、あたりがひっそりとして、た

廷的官吏似的尊敬，不管什麼都不敢違命的様子。而且也沒有犯人中常見的那種故作溫順，獻媚於權勢的姿態。

庄兵衞覺得不可思議，因而自從上了船以後，就不單單是出於工作表面上的監視，而且不斷地仔細觀察喜助的擧動。

那一天，日落時候風就停了。滿天的薄雲遮得月兒的輪廓朦朧，逐漸逼近的夏季暑熱變成了烟霧，從兩岸的大地、河床的泥土，上升的晩上。離開下京的街道，穿過加茂川之後，四周一片靜寂，只有聽見船頭劃破水面時的絮語聲。

だへさきにさかれる水《みず》のささやきを聞《き》くのみである。

夜舟《よふね》で寝《ね》ることは、罪人《ざいにん》にも許《ゆる》されているのに、喜助《きすけ》は横《よこ》になろうともせず、雲《くも》の濃淡《のうたん》にしたがって、光《ひかり》の増《ま》したり減《げん》じたりする月《つき》を仰《あお》いで、黙《だま》っている。その額《ひたい》は晴《はれ》やかで目にはかすかなかがやきがある。

庄兵衛《しょうべえ》はまともには見《み》ていぬがしじゅう喜助《きすけ》の顔《かお》から目《め》を離《はな》さずにいる。そしてふしぎだ、ふしぎだと、心《こころ》のうちでくり返《かえ》している。それは喜助《きすけ》の顔がたてから見《み》ても、横《よこ》から見《み》ても、いかにもたのしそうで、もし役人《やくにん》に対《たい》する㉒気兼《きがね》がなかったら、口《くち》笛《ぶえ》を吹《ふ》きはじめるとか、㉓鼻歌《はなうた》を歌《うた》いだすとかしそうに思《おも》われたからである。

庄兵衛《しょうべえ》は心《こころ》のうちに思《おも》った。これまでこの高瀬《たかせ》

雖然也允許犯人在船上睡覺，可是喜助却不想躺下，只是默默地仰望着隨著雲層的濃淡，忽明忽暗的月亮。他的神情爽朗，眼睛裏閃爍著光芒。

庄兵衞雖然沒有直視，但眼睛却始終沒有從喜助的臉上移開。心裏不住地想？奇怪啊！奇怪。這是因爲喜助的臉色，無論是從正面看，還是從側面看，都好像是非常愉快。使人感到假若不是對官差有所顧慮的話，也許會吹起口哨，或用鼻子哼出歌來。

庄兵衞的心裡想著，迄今自己也不知道做過多

舟《ぶね》の宰領《さいりょう》をしたことは幾度《いくたび》だかしれない。しかしのせて行《い》く罪人《ざいにん》は、いつもほとんど同《おな》じように、目《め》もあてられぬ気《き》のどくなようすをしていた。それにこの男《おとこ》はどうしたのだろう。遊山船《ゆさんぶね》にでものったような顔《かお》をしている。罪《つみ》は弟《おとうと》を殺《ころ》したのだそうだが、よしやその弟《おとうと》が悪《わる》い奴《やつ》で、それをどんな㉔いきがかりになって殺《ころ》したにせよ、人《ひと》の情《じょう》としていい心持《こころもち》はせぬはずである。この色《いろ》の青《あお》いやせ男《おとこ》が、その人《ひと》の情《じょう》というものがまったくかけているほどの世《よ》にもまれな悪人であろうか。どうもそうは思《おも》われない。ひょっと気《き》でも狂《くる》っているのではあるまいか。

いやいや。それにしては何一《なにひと》つ㉕辻褄《つじつま》の合《あ》わぬことばや挙動《きょどう》がない。この男《おとこ》はどうしたのだろう。㉖庄兵衛《しょうべえ》がためには喜助《きすけ》の態度《たいど》が考《かんが》えれば考《かんが》える

少次高瀨舟的押送工作了，但是一般船上所載的犯人，幾乎都是一個樣兒，都呈現出一副目不忍睹的可憐相。然而這個男子究竟是怎麼回事呢？他的表情，簡直像是在乘坐遊覽船。聽說，是犯了殺弟之罪，但即使他弟弟是個壞蛋，也不管是什麼情形殺死的，從人之常情，他心裏應該很不好受，難道這個臉色蒼白的瘦男人，全然沒有人的感情，是個世上少有的惡人嗎？可是，無論如何又不像是那樣，那麼說，是不是神經有點不太正常呢？

不不！要是這樣的話，連一點前言不搭後語的言語或舉動都沒有。這男人究竟是怎麼回事呢？對於庄兵衛來說愈想愈覺得喜助的態度難以理解。

ほどわからなくなるのである。

しばらくして、庄兵衛《しょうべえ》はこらえきれなくなって呼《よ》びかけた。「喜助《きすけ》、お前何《まえなに》を思《おも》っているのか。」

「はい」といってあたりを見《み》まわした喜助《きすけ》は、何事《なにこと》をかお役人《やくにん》に見《み》とがめられたのではないかと㉘気遣《きづか》うらしく、㉙いずまいをなおして庄兵衛《しょうべえ》のけしきをうかがった。

庄兵衛《しょうべえ》は自分《じぶん》がとつぜん問《と》いを発《はっ》した動機《どうき》をあかして、役目《やくめ》を離《はな》れた応対《おうたい》を求《もと》める㉚いいわけをしなくてはならぬように感《かん》じた。そこでこういった。

「いや。別《べつ》にわけがあって聞《き》いたのではない。じつはな、おれはさっきからお前《まえ》の島《しま》へゆく心持《こころもち》が聞《き》いて見《み》たかったのだ、おれはこれまでこの

過了不久，庄兵衛實在忍不住了，於是開口說：「喜助，你在想什麼？」
「是……」喜助回答着，看了四周的喜助他彷彿是怕有什麼受到官差指責的地方，就正襟危坐窺覗著庄兵衛的臉色。
庄兵衛感到應該說明自己突然發問的動機，講清楚爲什麼要撇開官差的身份和他聊一聊。因此就這麼說了：
「不，並不是另有什麼緣故才問你的，其實呀！我早就想問你到荒島去的心情？我至今用這艘船送過不少的犯人到島上去。他們當中什麼樣身世的

舟《ふね》でおおぜいの人《ひと》を島《しま》へ送《おく》った。それはずいぶんいろいろな身《み》の上《うえ》の人《ひと》だったが、㉛どれもどれも島《しま》へ往《ゆ》くのを悲《かな》しがって、見送《みおく》りにきて、いっしょに舟《ふね》にのる親類《しんるい》のものと、夜《よる》どおし泣《な》くにきまっていた。それにおまえの様子《ようす》を見《み》れば、どうも島《しま》へ往《ゆ》くのを苦《く》にしてはいないようだ。いったいおまえはどう思《おも》っているのだい。」

喜助《きすけ》はにっこり笑《わら》った。

「御親切《ごしんせつ》におっしゃってくだすって、ありがとうございます。なるほど島《しま》へゆくということは、ほかの人《ひと》には悲《かな》しいことでございましょう。その心持《こころも》ちはわたくしにも思《おも》いやってみることができます。しかしそれは世間《せけん》で楽《らく》をしていた人《ひと》だからでございます。京都《きょうと》はけっこうな土地《とち》ではございますが、そのけっこうな土地《とち》で、これまでわたく

人都有，但是他們都對於流放到島上去感到悲傷，而且和跟同船來送行的親人哭個通宵，可是，我看你的樣子，好像並不覺得到島上去有什麼痛苦似的，你究竟是怎樣想的呢？

喜助微微一笑：

眞是謝謝您對我的關心，的確，被流放到荒島這事，對於別人來說是件悲傷的事，那種心情，我是可以理解的，不過，那是因爲那些人在人世間過著享樂的生活。京都雖然是個好地方，可是在那樣的好地方，過去我所吃的苦，我想是無論到那兒也不會消失！由於官府的慈悲，而饒我一命，把我送到荒島上去。荒島卽使是個很苦的地方，但總不會

しの㉜いたしてまいったような苦《くるし》みは、どこへまいってもなかろうとぞんじます。お上《かみ》のお慈悲《じひ》で、いのちを助《たす》けて島《しま》へやってくださいます。島《しま》はよしやつらいところでも、鬼《おに》の住《す》むところではございますまい。わたくしはこれまで、どこといって自分《じぶん》のいていいところというものがございませんでした。こんどお上《かみ》で島《しま》にいろとおっしゃってくださいます。そのいろとおっしゃるところにおちついていることができますのが、まず何《なに》よりもありがたいことでございます。それにわたくしはこんなにかよわい体《からだ》ではございますが、㉝ついぞ病《びょう》気《き》をいたしたことはございませんから、島《しま》へいってから、どんなつらいしごとをしたって、からだを痛《いた》めるようなことはあるまいと存《ぞん》じます。それからこんど度島《どしま》へおやりくださるにつきまして、二《に》

是個鬼住的地方吧！我到目前爲止，沒有可以找到過可以容身的好地方。這次長官命令我住到荒島去，我能在長官指定的地方落脚，這就値得我慶幸的，再加上我的身體看起來雖然如此痩弱，但從來沒生過病。所以到了荒島後不管是多麼苦的事，我想也累不壞的，還有這次被流放到荒島去，還領了二百文錢，就裝在這裡。」

百文《ひゃくもん》の㉞鳥目《ちょうもく》をいただきました。それをここに持《も》っております。」

こういい掛《か》けて、喜助《きすけ》は胸《むね》に手《て》をあてた。遠島《えんとう》をおおせつけられるものには、鳥目《ちょうもく》二百銅《にひゃくどう》を㉟つかわすというのは、当時《とうじ》の㊱おきてであった。

喜助《きすけ》はことばをついだ。

「おはずかしいことを申《もう》しあげなくてはなりませぬが、わたくしは今日《こんにち》まで二百文《にひゃくもん》という㊲おあしを、こうして懐《ふところ》に入《い》れて持《も》っていたことはございませぬ。どこかでしごとに取《と》りつきたいと思《おも》って、しごとを尋《たず》ねて歩《ある》きまして、それが見《み》つかりしだい、㊳ほねを惜《お》しまずに働《はたら》きました。そしてもらった銭《ぜに》は、いつも右《みぎ》から左《ひだり》へ人手《ひとで》に渡《わた》さなくては㊴なりませなんだ。それも現金《げんきん》でものが買《か》って食《た》べられるときは、わたくしの㊵工面《くめん》のいい

說著，喜助撫摸自己的胸部。被判流放荒島的犯人，給二百文錢，是當時的規定。

喜助接著又說：

我必需向你說一件不好意思的事，到今天爲止，我的懷裏還不曾這樣子放著二百文錢，總想在什麼地方開始工作，就去找工作，一旦找到了，我就得拚命地工作。而賺來的錢總是右手進，左手出轉到別人的手裏。就這樣能用現金買到食物塡飽肚子，在我來說，也還是手頭寬裕的時候。經常是還了債，再去借錢，可是自從入牢以後，不用工作就有飯吃。就這一點，我都覺得太對不起官府了。況且在出獄的時候能領取這二百文錢。照這樣仍然吃公家的飯

ときで、たいていは借《か》りたものを返《かえ》して、またあとを借《か》りたのでございます。それがお牢《ろう》にはいってからは、しごとをせずに食《た》べさせていただきます。わたくしはそればかりでも、お上《かみ》に対《たい》してすまないことをいたしているようでなりませぬ。それにお牢《ろう》を出《で》るときにこの二百文《にひゃくもん》をいただきましたのでございます。こうして相変《あいかわ》らずお上《かみ》のものを食《た》べていて見《み》ますれば、この二百文《にひゃくもん》はわたくしが使《つか》わずに持《も》っていることができます。おあしを自分《じぶん》のものにして持《も》っているということは、わたくしにとっては、これがはじめてでございます。島《しま》へいってみますまでは、どんなしごとができるかわかりませんが、わたくしはこの二百文《にひゃくもん》を島《しま》でするしごとの元手《もとて》にしようとたのしんでおります。」

こういって、喜助《きすけ》は口《くち》をつぐんだ。

，那麼這二百文錢就可以不花用且又能保有。自己擁有錢，對我來說還是頭一次。在到島上之前，雖然仍不知能做些什麼事，但我很高興的想着將這二百文錢當做在島上做事的本錢。」說到這兒喜助就閉口不言了。

庄兵衛《しょうべえ》は「うん、そうかい」とはいったが、聞《き》くことごとに㊶あまり意表《いひょう》に出《で》たので、これもしばらく何《なに》もいうことができずに、考《かんが》え込《こ》んで黙《だま》っていた。

庄兵衛《しょうべえ》はかれこれ初老《しょろう》に手《て》の届《とど》く年《とし》になっていて、もう女房《にょうぼう》に子供《こども》を四人《よにん》生ませている。それに老母《ろうぼ》が生《い》きているので、家《うち》は七人暮《しちにんぐら》しである。平《へい》生《ぜい》人には吝嗇《りんしょく》といわれるほどの、倹約《けんやく》な生活《せいかく》をしていて衣類《いるい》は自分《じぶん》が役目《やくめ》のために着《き》るもののほか、寝巻《ねまき》しかこしらえぬくらいにしている。しかし不《ふ》幸《こう》なことには、妻《つま》をいい身代《しんだい》の商人《しょうにん》の家《うち》から迎《むか》えた。そこで女房《にょうぼう》は夫《おっと》のもらう㊷扶持米《ふちまい》で暮《く》らしをたてて行《い》こうとする善意《ぜんい》はあるが、豊《ゆたか》な家《うち》にかわいがられて育《そだ》ったくせがあるので、夫《おっと》が満足《まんぞく》するほど手元《てもと》を引《ひ》きしめて暮《く》らして行《い》くことができない。

庄兵衛說了：「唔！是這樣嗎？」因爲自己所聽到的每件事，都感到太意外了！所以一時簡直不知要說些什麼才好。默默地沉思起來。

庄兵衛將近初老之年，他的老婆也已替他生了四個小孩。再加上老母親還健在，一家七口過活。平時過著普通人所謂吝嗇的節儉生活。衣服除爲了職務上要穿的以外，就只做了一件睡衣而已。但不幸的是，娶了個富裕的商家之女，雖然妻子有意靠著丈夫的俸給過日子，但却由於在富裕家庭裏嬌生慣養長大的，所以沒辦法令丈夫滿意的程度來節儉的持家，常常到了月底就不夠開銷。於是做太太的就時常秘密地從娘家拿些錢來貼補家用，因爲丈夫把借債之事視如蛇蠍一樣，但這種的事情終究瞞不了丈夫的，就連每年五大節日太太從娘家拿東西，又連小孩

㊸ややもすれば月末《げつまつ》になって勘定《かんじょう》がたりなくなる。すると女房《にょうぼう》が内緒《ないしょ》で里《さと》から金《かね》を持《も》って来《き》て㊹帳尻《ちょうじり》をあわせる。それは夫《おっと》が借財《しゃくざい》というものを毛虫《けむし》のようにきらうからである。そういうことはしょせん夫《おっと》に知《し》れずにはいない。庄兵衛《しょうべえ》は五節句《ごせっく》だといっては、㊺里方《さとかた》からものをもらい、子《こ》どもの七五三《しちごさん》の祝《いわ》いだといっては、里方《さとかた》から子供《こども》に衣類《いるい》をもらうのでさえ、心苦《こころぐる》しく思《おも》っているのだから、暮《くら》しの穴《あな》をうめてもらったのに気《き》がついては、いい顔《かお》はしない。格別平和《かくべつへいわ》を破《やぶ》るようなことのない羽田《はねだ》の家《うち》に、おりおり波風《なみかぜ》のおこるのは、これが原因《げんいん》である。

庄兵衛《しょうべえ》はいま喜助《きすけ》の話《はなし》を聞《き》いて、喜助《きすけ》の身《み》の上《うえ》をわが身《み》の上《うえ》に引《ひ》きくらべてみた。喜助《きすけ》はしごとをして給料《きゅうりょう》を取《と》っても、右《みぎ》から左《ひだり》へ人手《ひとで》に渡《わた》して

子的七・五・三的祝賀式都要從娘家拿衣服來，庄兵衞心裏都會覺得過意不去。要是叫他發覺到從娘家拿錢來貼補家用的話，就更不會有好臉色。在沒有什麼足以破壞羽田一家的和諧。却常常引起風波，就是這個原因。

庄兵衞剛才聽了喜助的話之後，就把喜助的情況和自己做個比較。喜助說他卽使是做事領到了錢，但總是右手進左手出的轉到別人手裏，實在是太

なくしてしまうといった。いかにも哀《あわれ》な、気《き》の毒《どく》な境界《きょうがい》である。しかし一転《いってん》して我身《わがみ》の上《うえ》をかえりみれば、彼《かれ》と私《わたし》とのあいだに、はたしてどれほどの差《さ》があるか、自分《じぶん》も上《かみ》からもらう扶持米《ふちまい》を右《みぎ》から左《ひだり》へ人手《ひとで》に渡《わた》して暮《くら》しているに過《す》ぎぬではないか、彼《かれ》と私《わたし》との相違《そうい》はいわばそろばんの桁《けた》が違《ちが》っているだけで、喜助《きすけ》のありがたがる二百文《にひゃくもん》に相当《そうとう》する㊻貯蓄《ちょちく》だに、こっちはないのである。

さて桁《けた》をちがえて考《かんが》えてみれば、鳥目《ちょうもく》二百文《にひゃくもん》をでも、喜助《きすけ》がそれを貯蓄《ちょちく》とみて喜《よろこ》んでいるのに無《む》理《り》はない。その心持《こころも》ちはこっちから察《さっ》してやることができる。しかしいかに桁《けた》をちがえて考《かんが》えてみても、ふしぎなのは喜助《きすけ》の慾《よく》のないこと、たることを知《し》っていることである。

喜助《きすけ》は世間《せけん》でしごとを見《み》つけるのに苦《くるし》んだ。そ

慘的可憐境遇。可是反觀自己，彼此之間究竟有多少差別呢？自己也不是把從官府領來的俸祿，右手進左手出的轉到別人的手裏過著日子嗎？他和我的差別只是算盤上的柱子的不同而已，喜助慶幸的相當於二百文儲蓄，自己都沒有。

那麼，要是把柱子調換來想，喜助很高興的把二百文錢當做儲蓄來看，這也是不無道理的。那種心情我也是可以理解的。可是，即使把柱子調換來想的話，令人感到奇怪的是喜助竟無欲望，一味知足。

喜助爲了在社會上找工作而吃盡了苦。只要一

れを見《み》つけさえすれば、ほねを惜《おし》まずに働《はたら》いて、ようよう口《くち》を糊《のり》することのできるだけで満足《まんぞく》した。そこで牢《ろう》にはいってからは、いままでえがたかった食《しょく》が、ほとんど天《てん》から授《さず》けられるように、働《はたら》かずにえられるのに驚《おどろ》いて生《う》まれてから知《し》らぬ満足《まんぞく》をおぼえたのである。

庄兵衛《しょうべえ》はいかに桁《けた》をちがえて考《かんが》えてみても、ここに彼《かれ》とわれとのあいだに大《おお》いなる㊼懸隔《けんかく》のあることを知《し》った。自分《じぶん》の扶持米《ふちまい》でたててゆく暮《くら》しは、おりおりたらぬことがあるにしても、たいてい出納《すいとう》があっている。㊽手一《ていっ》ぱいの生活《せいかつ》である。しかるにそこに満足《まんぞく》を覚《おぼ》えたことはほとんどない。つねは幸《さいわ》いとも不幸《ふこう》とも感《かん》ぜずにすごしている。しかし心《こころ》の奥《おく》には、こうして暮《く》らしていて、ふいとお役《やく》がご免《めん》になったらどうしよう大病《たいびょう》にでもなったら

找到就拚命地去工作，只求能夠勉强糊口就滿足了。因此，自從進入牢房以後，不工作也能吃到過去難以吃到的食物，就彷彿是上天恩賜的一樣，他不禁感到驚訝！有生以來第一次感到滿足。

庄兵衞明白，即使把柱子調換來看，彼此之間的距離還是相當大。自己靠著俸祿過日子，即使有時候不夠，但大致上收支相抵，生活還勉勉强强過得去。然而自己卻幾乎從未對此感到滿足。既沒感到幸福，也沒感到不幸。但是在內心深處，卻潛伏著一種疑懼，過著這樣的日子，萬一突然被免職了，該怎麼辦？或者生了場大病，該怎麼辦？每逢得知妻子從娘家拿錢來貼補家用的話，這種疑懼就從腦海的深處冒了出來。

どうしようという疑懼《ぎく》がひそんでいて、おりおり妻《つま》が里方《さとかた》から金《かね》を取《と》り出《だ》してきて穴《あな》うめをしたことなどがわかると、この疑懼《ぎく》が意識《いしき》のしきいの上《うえ》に頭《あたま》をもたげてくるのである。

いったいこの懸隔《けんかく》はどうして生《しょう》じてくるだろう。ただうわべだけを見《み》て、それは喜助《きすけ》には身《み》に㊾係《けい》累《るい》がないのに、こっちにはあるからだといってしまえばそれまでである。しかしそれは嘘《うそ》である。よしや自分《じぶん》がひとり者《もの》であったとしても、どうも喜助《きすけ》のような心持《こころも》ちにはなられそうにない。この根柢《こんてい》はもっと深《ふか》い所《ところ》にあるようだと、庄兵衛《しょうべえ》は思《おも》った。

庄兵衛《しょうべえ》はただ漠然《ばくぜん》と、人《ひと》の一生《いっしょう》というようなことを思《おも》ってみた。人《ひと》は身《み》に病《やまい》があると、この病《やまい》がなかったらと思《おも》う。その日《ひ》その日《ひ》の食《しょく》がないと、

究竟這種差異是怎樣產生的呢？光從表面上看，那是喜助沒有家累，而自己卻有，要是這樣說的話，那也就無話可說了。然而那是謊言，即使自己是個單身漢，也不會產生喜助的那種心情。庄兵衞想到這根源似乎存在於更深遠的地方。

庄兵衞只是茫然的想著人的一生這件事情。人要是一生病就會想，要是不生病的話，該有多好；要是那一天當天沒飯吃的話，就會想，要是能有飯吃

食《く》ってゆかれたらと思《おも》う。万一《まんいち》のときにそなえるたくわえがないと、少《すこ》しでもたくわえがあったらと思《おも》う。たくわえがあっても、またそのたくわえがもっと多《おお》かったらと思《おも》う。かくのごとくに先《さき》から先《さき》へと考《かんが》えてみれば、人《ひと》はどこまでいって踏《ふ》みとまることができるものやらわからない。それをいま目《め》の前《まえ》で踏《ふ》みとまってみせてくれるのがこの喜助《きすけ》だと、庄兵衛《しょうべえ》は気《き》がついた。

庄兵衛《しょうべえ》は今《いま》さらのように驚異《きょうい》の目《め》をみはって喜《き》助《すけ》を見《み》た。このとき庄兵衛《しょうべえ》は空《そら》をあおいでいる喜《き》助《すけ》の頭《あたま》から毫光《ごうこう》がさすように思《おも》った。

庄兵衛《しょうべえ》は喜助《きすけ》の顔《かお》をまもりつつ、また「喜助《きすけ》さん」と呼《よ》びかけた。こんどは「さん」といったが、これはじゅうぶんの意識《いしき》をもって称呼《しょうこ》をあらため

該多好呀！要是沒有以備萬一的儲蓄，就會想，要是有一點點積蓄的話那該多好。就是有了儲蓄，就又會想要是儲蓄再多一點的話那該多好！如果這樣一個接一個想下去的話，人就不曉得該在什麼地方止步了。庄兵衛發現，正是這位喜助，如今在眼前做了個止步的榜樣給他看。

庄兵衛好像新發現了什麼，驚異的望著喜助，這時庄兵衛只感覺到仰望著夜空的喜助的頭上似乎發射着毫光。

庄兵衞一邊凝視著喜助的臉孔，一邊叫了一聲：「喜助先生」，這次叫了「先生！」這並不是充分的有意識要改變了稱呼。那個聲音剛一從自己口

たわけではない。その声《こえ》がわが口《くち》から出《で》てわが耳《みみ》にはいるやいなや、庄兵衛《しょうべえ》はこの称呼《しょうこ》の不穏当《ふおんとう》なのに気《き》がついたが、いまさらすでに出《で》たことばを取《と》り返《かえ》すこともできなかった。

「はい」と答《こた》えた喜助《きすけ》も「さん」と呼《よ》ばれたのを不審《ふしん》に思《おも》うらしく、おそるおそる庄兵衛《しょうべえ》のけしきをうかがった。

庄兵衛《しょうべえ》は少《すこ》し(51)間《ま》の悪《わる》いのをこらえていった。

「いろいろの事《こと》を聞《き》くようだが、お前《まえ》は今度《こんど》島《しま》へやられるのは、人《ひと》を(52)あやめたからだということだ。おれについでにそのわけを話《はな》して聞《き》かせてくれぬか。」

喜助《きすけ》はひどく恐《おそ》れいったようすで、

「かしこまりました」と言って、小声《こごえ》で話《はな》しだした。

中說出而傳入自己的耳朵的時候，庄兵衛就發現這樣稱呼不太妥當，但話既然已說出了也就無法收回了。

「是！」喜助這樣的回答。被稱做「先生」，他似乎感到很疑惑！就惶恐地窺視著庄兵衛的臉色。

庄兵衛有點不好意思地忍耐了一會兒就說：

「我想要問你種種的事情，你這次被流放到荒島，聽說是因爲殺了人，你順便將那情況說給我聽聽看？」

喜助好像非常惶恐的說：

「遵命」。就開始小聲的述說：

「どうも(53)とんだこころえちがいで恐《おそ》ろしいことをいたしまして、なんとも申《もう》しあげようがございませぬ。あとで思《おも》ってみますと、どうしてあんなことが(54)できたかと、自分《じぶん》ながらふしぎでなりませぬ。まったく夢中《むちゅう》でいたしましたのでございます。わたくしは小《ちい》さい時《とき》に二親《ふたおや》が時疫《じえき》でなくなりまして、弟《おとうと》とふたりあとに残《のこ》りました。初《はじ》めはちょうど(55)軒下《のきした》に生《うま》れた犬《いぬ》の子《こ》にふびんをかけるように町内《ちょうない》の人《ひと》たちがお恵《めぐ》みくださいますので、近所中《きんじょじゅう》の(56)走《はし》り使《づか》いなどをいたして、飢《う》え凍《こご》えもせずに、そだちました。しだいに大《おお》きくなりまして職《しょく》を捜《さが》しますにも、なるたけふたりが離《はな》れないようにいたして、いっしょにいて、助《たす》け合《あ》って働《はたら》きました。

去年《きょねん》の秋《あき》のことでございます。わたくしは弟《おとうと》と

「眞是輕舉妄動，我做了如此可怕的事情，實在無話可說的，事後想起來，爲什麼會做出那種事呢？就連自己也都覺得奇怪，簡直是在睡夢中下手的，我小的時候，双親都患流行病而去世，只留下我和弟弟兩個人。起初城裏的人們就像憐憫在屋簷下所生的小狗似地救濟我們，所以我們就爲左鄰右舍當跑腿之類的事也沒有挨餓受凍地而長大了。漸漸地長大以後，找工作，也儘可能兩個人不分開，在一起互相照顧。

這是去年秋天的事了。我和弟弟一起進入西陣

いっしょに西陣《にしじん》の織場《おりば》にはいりまして、空引《そらびき》ということをいたすことになりました。そのうち弟《おとうと》が病気《びょうき》で働《はたら》けなくなったのでございます。そのころわたくしどもは北山《きたやま》の㊼堀立小屋《ほったてこや》どうようのところに寝起《ねお》きをいたして、紙屋川《かみやがわ》の橋《はし》を渡《わた》って織場《おりば》へ通《かよ》っておりましたが、わたくしが暮《く》れてから、食《た》べ物《もの》などを買《か》って帰《かえ》ると、弟《おとうと》は待《ま》ち受《う》けていて、わたくしをひとりで稼《かせ》がせてはすまないすまないと申《もう》しておりました。ある日《ひ》いつものように㊽何《なに》心《ごころ》なく帰《かえ》ってみますと、弟《おとうと》はふとんの上《うえ》につっぷしていまして、まわりは血《ち》だらけなのでございます。わたくしはびっくりいたして手《て》に持《も》っていた竹《たけ》の皮包《かわづつ》みや何《なに》かを、そこへおっぽり出《だ》して、そばへいって「どうした、どうした。」と申《もう》しました。すると弟《おとうと》はまっさおな顔《かお》の、両方《りょうほう》のほおからあごへ

的紡織廠，操作織錦緞的機器的工作。就在那時弟弟因為生病而不能工作。那時我們住在北山像寮棚般的小屋裡。每天經過紙屋川的橋到紡織廠去，天黑以後，我買了吃的或什麼回來時，弟弟正在等我，他說讓我一個人工作養他，實在對不起，對不起。有一天像往常一樣，漫不經心地回到家裡一看，弟弟正趴在棉被上，周圍全是血。我大為吃驚，立刻扔掉手裏用竹皮包的食品和其他的東西。到他身旁說：「怎麼了，怎麼了！」這時弟弟仰起了那張從兩腮到下巴都沾滿鮮血的蒼白臉孔，望了我，但說不出話來。每一喘氣，從傷口處就發出嗖嗖的聲音。

かけて血《ち》に染《そ》まったのをあげて、わたくしを見《み》ましたが、⑲ものをいうことができませぬ。息《いき》をいたすたびに、傷口《きずぐち》でひゅうひゅうという音《おと》がいたすだけでございます。

わたくしにはどうもようすがわかりませんので、『どうしたのだい、血《ち》を吐《は》いたのかい』といって、そばへ寄《よ》ろうといたすと、弟《おとうと》は右《みぎ》の手《て》を床《とこ》について、少《すこ》しからだをおこしました。左《ひだり》の手《て》はしっかりあごの下《した》のところを押《おさ》えていますが、その指《ゆび》のあいだから黒血《くろち》のかたまりがはみだしています。弟《おとうと》は目《め》でわたくしのそばへ寄《よ》るのをとめるようにして⑳口《くち》をききました。ようようものがいえるようになったのでございます。『すまない、どうぞ㉑堪忍《かんにん》してくれ。どうせなおりそうにもない病気《びょうき》だから、早《はや》く死《し》んで少《すこ》しでも兄《あに》きに楽《らく》がさせたい

我實在不知道是怎麼一回事。『怎麼了，吐了血嗎？』說著正想要往他身旁靠近，這時弟弟卻用右手在床上撐著，微微抬起身子。左手緊緊的按住喉嚨的地方，手指間溢出黑色的血塊。弟弟用眼色制止我不要靠近他，然後開口。好不容易才能說出話來。『對不起，請原諒我。我想反正這病也好不了啦！早點死多少減輕些哥哥的負擔。原以爲割了咽喉馬上就會死的，沒想到只是從那裏漏氣，卻死不了。我想要割深一點，再割深一點，就用力按進去，卻滑到一邊去了。刀刃好像是沒有損壞。要是你能拔得準些，我想我就會死的。我說話時難受得

と思《おも》ったのだ。笛《ふえ》を切《き》ったら、すぐ死《し》ねるだろうと思《おも》ったが、息《いき》がそこからもれるだけで死《し》ねない。深《ふか》く深《ふか》くと思《おも》って、力《ちから》いっぱい押《お》しこむと、横《よこ》へすべってしまった。刃《は》はこぼれはしなかったようだ。これをうまく抜《ぬ》いてくれたらおれは死《し》ねるだろうと思《おも》っている。ものをいうのが(62)せつなくっていけない。どうぞ(63)手《て》を貸《か》して抜《ぬ》いてくれ』というのでございます。

弟《おとうと》が左《ひだり》の手《て》をゆるめると、そこからまた息《いき》がもります。わたくしは(64)なんといおうにも、声《こえ》が出《で》ませんので、黙《だま》って弟《おとうと》ののどの傷《きず》をのぞいてみますとなんでも右《みぎ》の手《て》にかみそりを持《も》って、横《よこ》に笛《ふえ》を切《き》ったが、それでは死《し》にきれなかったので、そのままかみそりをえぐるように深《ふか》くつっこんだものとみえます。柄《え》がやっと二寸《にすん》ばかり傷口《きずぐち》から出《で》てい

不得了，請你幫忙，把刀拔出來。』這樣的說。

弟弟的左手只要一鬆，從那裏就漏氣。我想說些什麼，却說不出來，所以只有默默地望着他喉嚨的傷口處，看來弟弟是右手持剃刀橫著割了咽喉，但這樣死不了，就這樣剃刀看起來好像是挖入般深深的揷進去，刀柄只剩下兩寸左右留在傷口外面。

ます。

わたくしはそれだけのことを見《み》て、どうしようという(65)思案《しあん》もつかずに、弟《おとうと》の顔《かお》を見《み》ました。弟《おとうと》はじっとわたくしを見《み》つめています。わたくしはやっとのことで『待《ま》っていてくれ、お医者《いしゃ》を呼《よ》んでくるから』と申《もう》しました。弟《おとうと》は怨《うら》めしそうな目《め》付《つき》をいたしましたが、また左《ひだり》の手《て》でのどをしっかり押《おさ》えて、『(66)医者《いしゃ》がなんになる、ああ苦《くる》しい、早《はや》く抜《ぬ》いてくれ、頼《たの》む』というのでございます。わたくしは(67)途方《とほう》にくれたような心持《こころも》ちになって、ただ弟《おとうと》の顔《かお》ばかり見《み》ております。こんなときは、ふしぎなもので、目《め》がものをいいます。弟《おとうと》の目《め》は『早《はや》くしろ、早《はや》くしろ』といって、さも怨《うら》めしそうにわたくしを見《み》ています。

わたくしの頭《あたま》のなかでは、なんだかこう車《くるま》の輪《わ》

我發現了這種情況想不出該怎麼辦？只是望着弟弟的臉孔，而弟弟也一直盯着我看。而我好不容易才說出：『等一等，我去叫醫生來。』弟弟臉上露出好像埋怨我的眼色，接著又用左手緊緊按住喉嚨說：『醫生有什麼用，啊！眞難受！請快點拔出來，求求你。』我感到束手無策，只是看著弟弟的臉。奇怪的是在這種情況下，眼睛也會說話的。弟弟的眼睛好像在說：「快點吧！快點吧！」埋怨似地看著我。

我的腦海裏總覺得好像有一個車輪似的東西，

のようなものがぐるぐる回《まわ》っているようでございましたが、弟《おとうと》の目《め》は恐《おそ》ろしい催促《さいそく》をやめません。それにその目《め》のうらめしそうなのがだんだんけわしくなってきて、とうとうかたきの顔《かお》をでもにらむような、㊳憎《にく》にくしい目《め》になってしまいます。それを見《み》ていて、わたくしはとうとう、これは弟《おとうと》のいったとおりにしてやらなくてはならないと思《おも》いました。

わたくしは『しかたがない、抜《ぬ》いてやるぞ』と申《もう》しました。

すると弟《おとうと》の目《め》の色《いろ》が㊴からりと変《かわ》って、晴《はれ》やかに、さもうれしそうになりました。わたくしはなんでもひと思《おも》いにしなくてはと思《おも》って㊵ひざをつくようにしてからだを前《まえ》へのりだしました。弟《おとうと》はついていた右《みぎ》の手《て》を放《はな》して、いままでのどを押《おさ》え

咕嚕嚕地轉著。弟弟的眼睛不停止那可怕的催促。而且那埋怨的眼神漸漸地險惡起來，終於變成像瞪著仇人的臉孔一樣，顯得凶狠可怕。看到這種情形，我終於感覺到非照着弟弟的要求去做不可了。

我說：「沒辦法！我給你拔吧！」

於是弟弟的眼神立刻變得明朗，好像很高興似的。我想無論如何非下狠心幹不可了，於是跪下去身體往前探出，弟弟把撐著的右手放開，而改用剛才按著喉嚨的那隻手，胳膊肘兒撐著床上躺了下來。

ていた手《て》のひじを床《とこ》について、横《よこ》になりました。

わたくしは剃刀《かみそり》の柄《え》をしっかり握《にぎ》って、ずっと引《ひ》きました。このときわたくしのうちから締《し》めておいた(71)表口《おもてぐち》の戸《と》をあけて、近所《きんじょ》のばあさんがはいってきました。るすのあいだ、弟《おとうと》に薬《くすり》を飲《の》ませたり何《なに》かしてくれるように、わたくしの頼《たの》んでおいたばあさんなのでございます。

もうだいぶうちのなかが暗《くら》っくなっていましたから、わたくしにはばあさんがどれだけのことを見《み》たのだかわかりませんでしたが、ばあさんはあっといったきり、表口《おもてぐち》をあけ放《はな》しにしておいて駆《か》けだしてしまいました。

わたくしはかみそりを抜《ぬ》く時《とき》手早《てばや》く抜《ぬ》こう、まっすぐに抜《ぬ》こうというだけの用心《ようじん》はいたしましたが、どうも抜《ぬ》いたときの手《て》ごたえは、いままで切《き》

我緊緊地握住剃刀的刀柄，一個勁兒給拔了出來。這個時候，我從裡面關著的房門打開了，鄰居的老太婆走了進來。我不在家時，拜託這位老太婆照顧弟弟吃藥或做些其它的事情。

因爲屋內已經相當暗了，我不知老太婆看到了多少情況。只聽得老太婆：「啊呀！」地叫了一聲，敞著門就跑出去。

我在拔剃刀的時候，只留心要盡量快拔，筆直地拔。但是從拔出來時手上受到的感覺，總覺得好像把未曾割斷的地方割斷了的樣子。

れていなかったところを切《き》ったように思《おも》われました。

刃《は》が外《そと》の方《ほう》へ向《む》いていましたから、外《そと》の方《ほう》が切《き》れたのでございましょう。わたくしはかみそりを握《にぎ》ったまま、ばあさんのはいってきてまた駆《か》けだしていったのを、ぼんやりして見《み》ておりました。ばあさんがいってしまってから、気《き》がついて弟《おとうと》を見《み》ますと、弟《おとうと》はもう息《いき》がきれておりました。傷口《きずぐち》からは大《たい》そうな血《ち》が出《で》ておりました。

それから年寄衆《としよりしゅう》がおいでになって、役場《やくば》へ連《つ》れてゆかれますまで、わたくしはかみそりをそばにおいて、目《め》を半分《はんぶん》あいたまま死《し》んでいる弟《おとうと》の顔《かお》を見《み》つめていたのでございます。」

少《すこ》し⑫うつむき加減《かげん》になって庄兵衛《しょうべえ》の顔《かお》を下《した》から見《み》あげて話《はなし》していた喜助《きすけ》は、こういってしまっ

因爲刀刃是向外，所以把靠外邊的部份給割開了吧！我握著剃刀，茫然地看着老太婆進來後又跑出去。老太婆走了以後，一定神看弟弟，弟弟已經斷了氣。傷口流出很多的鮮血。

我把剃刀放在旁邊，凝視著半睁著眼死去的弟弟的臉孔，直到來了一群老人把我帶到衙門裏去。

稍微低著頭，仰望著庄兵衞的臉說著話的喜助，說完之後就把視線落到自己的膝蓋上。

て視線《しせん》をひざの上《うえ》に落《お》とした。
喜助《きすけ》の話《はなし》はよく条理《じょうり》がたっている。ほとんど条《じょう》理《り》がたちすぎているといってもいいくらいである。これは半年《はんとし》ほどのあいだ、当時《とうじ》のことをいくたびも思《おも》い浮《うか》べて見《み》たのと、役場《やくば》で問《と》われ、町奉行所《まちぶぎょうしょ》で調《しら》べられるそのたびごとに、注意《ちゅうい》に注意《ちゅうい》を加《くわ》えてさらってみさせられたのとのためである。
庄兵衛《しょうべえ》はその場《ば》の様子《ようす》をまのあたり見《み》るような思《おも》いをして聞《き》いていたが、これが果《はた》して弟殺《おとうところ》しというものだろうか、人殺《ひところ》しというものだろうかという疑《うたがい》が、話《はなし》を半分聞《はんぶんき》いたときから起《お》こってきて、聞《き》いてしまっても、その疑《うたが》いをとくことができなかった。弟《おとうと》はかみそりを抜《ぬ》いてくれたら死《し》なれるだろうから、抜《ぬ》いてくれといった。それを抜《ぬ》いてやって死《し》なせたのだ、殺《ころ》したのだとはいわれる。

喜助的話很有條理，也可以說是過份有條理。這是因爲，在這半年期間，屢次回想當時情景的緣故，每次在小衙門受查問，或在地方長官的大堂上受審時都被迫十分謹愼仔細地考慮。和複述過關係。

庄兵衞彷彿身臨其境似地聽著，聽到一半的時候，就產生了個疑問，這究竟是所謂的殺弟弟嗎？是所謂的是殺人嗎？直到聽完之後，仍然是無法消除這個疑問。因爲弟弟說：「給我拔去剃刀的話，我就能夠死去。給我拔掉吧！」哥哥爲弟弟拔出來，使他死去，可以說是殺死了弟弟。可是，即使那樣地放置著弟弟總歸是要死的，弟弟之所以要快點死去，是因爲無法忍受痛苦。

しかし、そのままにしておいても、どうせ死《し》ななくてはならぬ弟《おとうと》であったらしい。それが早《はや》く死《し》にたいといったのは、苦《くる》しさにたえなかったからである。

喜助《きすけ》はその苦《く》を見《み》ているに忍《しの》びなかった。苦《く》から救《すく》ってやろうと思《おも》って命《いのち》をたった。それが罪《つみ》であろうか。殺《ころ》したのは罪《つみ》に相違《そうい》ない。しかし、それが苦《く》から救《すく》うためであったと思《おも》うと、そこに疑《うたが》いが生《しょう》じて、どうしてもとけぬのである。

庄兵衛《しょうべえ》の心《こころ》の中《うち》には、いろいろに考《かんが》えてみたすえに、自分《じぶん》より上《うえ》のものの判断《はんだん》にまかすほかないという念《ねん》、オートリテーにしたがうほかないという念《ねん》が生《しょう》じた。庄兵衛《しょうべえ》はお奉行《ぶぎょう》さまの判断《はんだん》を、そのまま自分《じぶん》の判断《はんだん》にしようと思《おも》ったのである。そうは思《おも》っても、庄兵衛《しょうべえ》はまだどこやらに(73)腑《ふ》に落《お》

喜助是因爲不忍心看著他痛苦，爲了想從痛苦中把他解救出來，而結束了他的性命。這是犯罪嗎？毫無疑問的殺了人是有罪的。但是如果想到那是爲了把人從痛苦中解救出來，於是就會產生疑問，而且無論如何也得不到解決。

庄兵衞在腦海裏左思右想，最後決定與其自己判斷，還不如聽任自己的上司去判斷，只好按照權力者的想法去行事。庄兵衞是想要把地方長官的裁判當做自己的決斷。不過卽使是這樣想，庄兵衞總覺得好像還有些不能理解的地方，所以不由得想去問問地方長官。

ちぬものが残《のこ》っているので、なんだかお奉行《ぶぎょう》さまに聞《き》いてみたくてならなかった。

しだいにふけていくおぼろ夜《よ》に、沈黙《ちんもく》の人《ひと》ふたりをのせた高瀬舟《たかせぶね》は、黒《くろ》い水《みず》の面《おもて》をすべっていった。

朦朧的月色漸漸深沉，高瀬舟載著兩個默默無語的人，在黑色的水面上向前駛去。

註釋：

1. 高瀬川：位於京都市內，由北向南，横穿加茂川，流入宇治茂川。現在只剩下一條臭水溝而已。
2. 暇ごいをする：辭行。
3. 町奉行：江戸時代，幕府在各大城市設置的官職。掌管行政、司法、警察等事物。
4. 同心：在町奉行下，掌管雜務的下級官吏。
5. …を許す慣例である：通常（慣例上）允許。
6. 大目に見る：寛恕。寛容。不追究。
7. 心得ちがい：誤解。誤會。輕率。錯誤。
8. 思わぬ科を犯した：無意中犯了罪。
9. 相對死：男女双方同意一起自殺。
10. 悔やんでも返らぬ：後悔莫及。
11. 繰り言：牢騷。
12. 夢にもうかがうことのできぬ：根本想不到的。
13. 役柄ゆえ：職務上。
14. 場合によって：有時候。

15. なみだもろい：涙窩淺的。心軟愛流涙的。
16. 寛政：江戸時代後期，光格天皇朝的年號（一七八九～一八〇〇）。
17. 桟橋：碼頭。
18. 見るに：端詳一番。
19. 自分をば：自分を
20. 公儀の役人：朝庭的官吏。幕府的官吏。
21. 媚びる：諂媚。
22. 気兼ね：顧慮。客氣。拘泥。
23. 鼻歌：（用鼻子）哼唱。哼唱的歌曲。
24. いきがかり：（經過、進展）的情形。
25. 辻褄：條理或事情的道理。
26. 庄兵衞がためには：對於庄兵衞來說。
27. こらえる：忍耐。抑制住。
28. 気遣う：擔心。
29. いずまい：坐的姿態。
30. いいわけ：分辯。辯解。
31. どれもどれも：無論哪個都……。
32. いたしてまいったような苦しい：嘗過的苦頭。
33. ついぞ：至今一次也沒有。
34. 鳥目：中間有穿洞的古錢。
35. つかわす：与《あた》える。
36. おきて：法律。條例。章程。
37. おあし：錢。
38. 骨を惜しまず：不辭辛勞。
39. なりませんなんだ：なりませんでした。
40. 工面のいい時：手頭寛裕的時候。
41. あまり意表に出たので：實在太意外了，所以…
42. 扶持米：封建時代武士領取的俸祿。
43. ややもすれば：很容易（導致某種情況）。

44.帳尻をあわせる：使收支平衡。
45.里方：指娘家。
46.貯蓄だに：連儲蓄也。
47.懸隔：懸殊。距離。
48.手一ぱい：（收支）勉强相抵。（生活）勉强維持。
49.係累：（家屬等的）家累。
50.踏みとどまる：停住脚步。
51.まの悪い：不好意思。
52.あやめた：殺害。傷害。
53.とんだこころえちがいで：由於太輕舉妄動。
54.できた：やれた。做了。
55.軒下：屋簷下。
56.走り使い：跑腿兒的。
57.堀立小屋：臨時搭建的小屋或小棚。
58.何心ない：若無其事。一如往常……。
59.ものをいう：說話。
60.口をきく：說話。開腔。
61.堪忍：原諒（別人的過錯）。
62.せつなくっていけない：難過得不得了。
63.手を貸す：幫忙。
64.なんといおうにも：想說什麼（太吃驚、悲傷而說不出話來。）
65.思案もつかず：想不出辦法。
66.医者がなんになる：醫生有什麼用。
67.途方にくれる：想不出辦法。束手無策。
68.憎にくしい：非常討厭的。
69.からり：表示突然的改變。
70.ひざをつくようにする：跪著。
71.表口：正門。大門。
72.うつむき加減になる：稍微低下。
73.腑に落ちぬ：無法理解。

森　鷗外

文久二年（一八六二）～大正十一年（一九二二）。軍醫。小說家、翻譯家、評論家。本名：林太郎。石見の国（島根縣）人。東京大學醫學院畢業，明治十七年起到明治二十一年止被政府派往德國留學，回國後開始活躍於文壇。

森鷗外是日本浪漫主義文學的先驅，同時又是一個反對自然主義的理想主義者。他的作品早期以德國留學時的生活體驗爲主題，後轉爲對日本現實生活的描寫，後期的作品，已經沒有異國的浪漫氣氛，而充滿着達觀的意識和冷靜的科學態度，有些作品中把現代與歷史成功的結合起來，形成了他獨特的手法，具有現實主義的傾向。

主要的作品有

「舞姬」・「うたかたの記」（明治二十三年發表）　「文づかい」（明治二十四年發表）　「即興詩人」（明治二十五～三十四年發表）　「青年」（明治四十三～四十四年發表）　「雁」（明治四十四年～大正二年發表）　「阿部一族」（大正二年發表）　「堺事物」・「安井夫人」（大正三年發表）　「山椒大夫」・「魚玄機」・「じいさんばあさん」・「最後の一句」（大正四年發表）「高瀨舟」・「寒山拾得」・「渋江抽斉」（大正五年發表）

主要創作品目

小僧《こぞう》の神様《かみさま》

志賀直哉《しがなおや》

一

仙吉《せんきち》は神田《かんだ》のある秤屋《はかりや》の店《みせ》に①奉公《ほうこう》している。

それは秋《あき》らしい柔《やわら》かな澄《す》んだ②陽《ひ》ざしが、紺《こん》のだいぶはげ落ちた③暖簾《のれん》の下《した》から静《しず》かに店先《みせさき》に④差《さ》し込《こ》んでいる時《とき》だった。店《みせ》には一人《ひとり》の客《きゃく》もなかった。⑤帳場格子《ちょうばごうし》の中《なか》に坐《すわ》って⑥退屈《たいくつ》そうに巻煙草《まきたばこ》をふかしていた⑦番頭《ばんとう》が、火鉢《ひばち》の傍《そば》で新聞《しんぶん》を読《よ》んでいる若《わか》い番頭《ばんとう》にこんなふうに⑧話《はな》しかけた。

「おい、幸《こう》さん。そろそろお前《まえ》の好《す》きな鮪《まぐろ》の⑨脂身《あぶらみ》が食《た》べられるころだネ」

「ええ。」

「⑩今夜《こんや》あたりどうだね。お店《みせ》をしまってから出《で》かけるかネ。」

「けっこうですな。」

學徒之神

志賀直哉

一

仙吉在神田的一家賣秤的店裏服務。

那是像秋天似的和煦的陽光，從褪色的深藍色布簾，下靜靜地照進店門口的時候，店裏一個客人也沒有。掌櫃的坐在帳櫃裏無聊的抽著香烟，對著坐在火爐邊看着報紙的年輕掌櫃說了。

「喂，阿幸。不久就可以吃到你最喜愛的肥美的金槍魚了。」

「是的！」

「今天晚上怎樣？等打烊後我們就去吧。」

「好吧。」

「外濠《そとぼり》に乗《の》って行《い》けば十五分《じゅうごふん》だ。」

「そうです。」

「あの家《うち》のを食《く》っちゃア、この辺《へん》のは食《く》えないからネ。」

「まったくですよ。」

若《わか》い番頭《ばんとう》からは少《すこ》し退《さが》った⑪しかるべき位置《いち》に、前掛《まえかけ》の下《した》に両手《りょうて》を入《い》れて、⑫行儀《ぎょうぎ》よく坐《すわ》っていた小僧《こぞう》の仙吉《せんきち》は、「ああ鮨屋《すしや》の話《はなし》だな。」と思《おも》って聴《き》いていた。京橋《きょうばし》にSという同業《どうぎょう》の店《みせ》がある。その店《みせ》へときどき使《つか》いに遣《や》られるので、その鮨屋《すしや》の位置《いち》だけはよく知《し》っていた。仙吉《せんきち》は早《はや》く自分《じぶん》も番頭《ばんとう》になって、そんな通《つう》らしい口《くち》をききながら、勝手《かって》にそういう家《うち》の暖簾《のれん》を⑬くぐる身分《みぶん》になりたいものだと思《おも》った。

「何《なん》でも、与兵衛《よへえ》の息子《むすこ》が松屋《まつや》の近所《きんじょ》に店《みせ》を出《だ》

「坐外濠線去的話，十五分鐘就到了。」

「是啊。」

「吃了那家的啊！這附近的都不想吃了。」

「一點不錯。」

離年輕掌櫃稍後一點，保持適當距離，把雙手放在圍裙下面，規規矩矩地坐著的學徒仙吉，邊聽邊想。「啊，在說壽司店的事吧！」在京橋有家叫做S的同行商店。仙吉因爲經常被差遣到那兒辦事，所以對那家壽司店的位置很清楚。仙吉只想自己早點兒當上掌櫃，然後以行家的口吻說話，自由自在地進出那家壽司店。

「好像聽說與兵衞的兒子在松屋附近開了一家

したということだが、幸《こう》さん、お前《まえ》は知《し》らないかい」

「へえ存《ぞん》じませんな。松屋《まつや》⑭というとどこのです。」

「私《わたし》もよく聞《き》かなかったが、いずれ今川橋《いまがわばし》の松《まつ》屋《や》だろうよ。」

「そうですか。で、そこは旨《うま》いんですか。」

「そういう評判《ひょうばん》だ。」

「やはり与兵衛《よへえ》ですか。」

「いや、何《なん》とか言《い》った。何屋《なにや》とか言《い》ったよ。聴《き》いたが忘《わす》れた。」

仙吉《せんきち》は「いろいろそういう⑮名代《なだい》の店《みせ》があるものだな。」と思《おも》って聴《き》いていた。そして、

「しかし旨《うま》いというと全体《ぜんたい》⑯どういう具合《ぐあい》に旨《うま》いのだろう。」そう思《おも》いながら、口《くち》の中《なか》に溜《たま》って

店，阿幸，你知道嗎？」

「啊！不知道。是什麼地方的松屋？」

「我也沒聽清楚。大概是今川橋的松屋吧！」

「是嗎？那裏的好吃吧！」

「大家都這麼說。」

「仍然是與兵衞嗎？」

「不，叫什麼人……叫什麼店，我聽過忘了。」

仙吉邊聽邊這樣想著：「有名氣的店竟有這麼多間。」而，他心裏又想：

「雖說是好吃好吃，但是到底是怎麼樣的好呢？」這樣邊想著，邊把快要溜出嘴來的口水，小心

来《く》る唾《つばき》を、音《おと》のしないように用心《ようじん》しいしい飲《の》み込《こ》んだ。

二

それから二三日《にさんにち》した日暮《ひぐ》れだった。京橋《きょうばし》のSまで仙吉《せんきち》は使《つか》いに出《だ》された。出掛《でか》けに彼《かれ》は番頭《ばんとう》から電車《でんしゃ》の往復代《おうふくだい》だけを貰《もら》って出《で》た。

外濠《そとぼり》の電車《でんしゃ》を鍛冶橋《かじばし》で降《お》りると、彼《かれ》はわざと鮨《すし》屋《や》の前《まえ》を通《とお》っていった。彼《かれ》は鮨屋《すしや》の暖簾《のれん》を見《み》ながら、その暖簾《のれん》を勢《いきおい》よく分《わ》けて入《はい》って行《い》く番頭《ばんとう》たちの様《よう》子《す》を想《おも》った。その時彼《ときかれ》はかなり⑰腹《はら》がへっていた。脂《あぶら》で黄《き》がかった鮪《まぐろ》の鮨《すし》が想像《そうぞう》の⑱目《め》に映《うつ》ると、彼《かれ》は「一《ひと》つでもいいから食《く》いたいものだ」と考《かんが》えた。彼《かれ》は前《まえ》から往復《おうふく》の電車賃《でんしゃちん》を貰《もら》うと片道《かたみち》を買《か》って帰《かえ》りは歩《ある》いて来《く》ることをよくした。今《いま》も残《のこ》った四銭《よんせん》が懐《ふところ》の裏隠《うらかく》しでカチャカチャと鳴《な》っている。

地不發出聲響地給吞了回去。

二

兩三天後的傍晚，仙吉被派遣到京橋的S去辦事。出門的時候，掌櫃的只給了他來回電車票的錢。

搭乘外濠線的電車在鍛治橋一下了車，他就特意地從壽司店門前走過去。他一面看著壽司店的布簾，一面想像著掌櫃的很有神氣地掀起那布簾地走進去的情景。那時候，他肚子相當餓了，油膩膩黃沉沉的金槍魚壽司映入想像的眼裏，他想：「即使是一個也好眞想吃。」他以前就經常把領來的來回電車票的錢，買單程車票，然後回家時用走路的。現在也剩下四錢裝在暗口袋裏叮叮噹噹地響著。

「四銭《よんせん》あれば一《ひと》つは食《く》えるが、一《ひと》つくださいとも言《い》われないし」彼《かれ》はそう諦《あきら》めながら前《まえ》を通《とお》り過《す》ぎた。⑲

Sの店《みせ》での用《よう》はすぐ済《す》んだ。彼《かれ》は⑳真鍮《しんちゅう》の小《ちい》さい㉑分銅《ふんどう》のいくつか入《はい》った妙《みょう》に重味《おもみ》のある小《ちい》さいボール函《ばこ》を一《ひと》つ受取《うけと》ってその店《みせ》を出《で》た。

彼《かれ》は何《なに》かしら惹《ひ》かれる気持《きもち》で、もと来《き》た道《みち》の方《ほう》へ引《ひ》きかえして来《き》た。そして何気《なにげ》なく鮨屋《すしや》のほうへ折《お》れ㉒ようとすると、ふとその四《よっ》つ角《かど》の反対側《はんたいがわ》の㉓横町《よこちょう》に屋台《やたい》で、同《おな》じ名《な》の暖簾《のれん》を掛《か》けた鮨屋《すしや》のあることを発見《はっけん》した。彼《かれ》は㉔ノソノソとその方《ほう》へ歩《ある》いて行《い》った。

三

若《わか》い貴族院議員《きぞくいんぎいん》のAは同《おな》じ議員仲間《ぎいんなかま》のBから、鮨《すし》の趣味《しゅみ》は握《にぎ》る㉕そばから、㉖手摑《てづか》みで食《く》う屋《や》

「有四錢，就能吃一個。可是，只買一個這句話可開不了口！」他這様想著，只好斷了念頭從店門前通過了。

S店的事很快辦完了。他拿了一個裝著幾個黃銅小法碼做的重沉沉的小紙盒，走出了那家店舖。

他不知被什麼所吸引，又折回先前來的那條路上。他本想再折回剛才的那家壽司店去。突然在那十字路口對面巷子的擺攤上，發現了一間和那家掛著同様商號布簾的壽司店。他慢吞吞地向那間店舖走去。

年輕的貴族院議員A，經常從內行的同事B議員那兒聽到說，吃壽司如果不在擺攤店裏用手抓著

台《たい》の鮨《すし》でなければ解《わか》らないというような通《つう》をしきりに説《と》かれた。Aはいつかその㉗立食《たちぐい》をやってみようと考《かんが》えた。そして屋台《やだい》の旨《うま》いという鮨《すし》屋《や》を教《おそ》わっておいた。

ある日《ひ》、日暮間《ひぐれま》もない時《とき》であった。Aは銀座《ぎんざ》のほうから京橋《きょうばし》を渡《わた》って、かねて聞《き》いていた屋《や》台《たい》の鮨屋《すしや》へ行《い》ってみた。そこにはすでに三人《さんにん》ばかり客《きゃく》が立《た》っていた。彼《かれ》はちょっと躊躇《ちゅうちょ》した。しかし思《おも》い切《き》ってとにかく暖簾《のれん》を潜《くぐ》ったが、その立《た》っている人《ひと》と人《ひと》との間《あいだ》に割《わ》り込《こ》む気《き》がしなかったので、彼《かれ》はしばらく暖簾《のれん》を潜《くぐ》ったまま、人《ひと》の後《うしろ》に立《た》っていた。

その時《とき》不意《ふい》に㉘横合《よこあ》いから十三四《じゅうさんし》の小僧《こぞう》が入《はい》って来《き》た。小僧《こぞう》はAを押《お》し退《の》けるようにして、彼《かれ》の前《まえ》のわずかな空《す》きへ立《た》つと、五《いつ》つ六《むっ》つ鮨《すし》の乗《の》っ

吃剛用手揑好的，那就沒有辦法嘗出眞正的壽司的味道。所以A想，總有一天要去站著吃吃看，而向B請教了有名的壽司店。

有一天，天色快黑的時候，A從銀座走過京橋，到了那家早就打聽好了的壽司店去看看。那裏已經站著三位客人。他稍微躊躇了一下。可是還是毅然決然地鑽進了布簾裏去，爲著不想擠在站著的人列中間，他就在布簾下，別人的後面站了一會兒。

這時，突然從旁邊進來了一位十三、四歲的學徒。學徒擦過A身邊，然後站在他前面僅有的空隙裏，眼睛忙碌地在那放有五、六個壽司的厚櫸木板

ている前下《まえさ》がりの厚《あつ》い欅板《けやきいた》の上《うえ》を忙《せわ》しく見廻《みまわ》した。

「海苔巻《のりまき》はありませんか」

「ああきょうはできないよ」肥《ふと》った鮨屋《すしや》の主《あるじ》は鮨《すし》を握《にぎ》りながら、なお㉙ジロジロと小僧《こぞう》を見《み》ていた。

小僧《こぞう》は少《すこ》し思《おも》い切《き》った調子《ちょうし》で、こんなことは初《はじ》めてじゃないというように、勢《いきおい》よく手《て》を延《の》ばし、三《みっ》つほど並《なら》んでいる鮪《まぐろ》の鮨《すし》の一《ひと》つを摘《つま》んだ。ところが、なぜか小僧《こぞう》は勢《いきおい》よく延《の》ばした割《わり》にその手《て》をひく時《とき》、妙《みょう》に躊躇《ちゅうちょ》した。

「一《ひと》つ六銭《ろくせん》だよ」と主《あるじ》が言《い》った。

小僧《こぞう》は落《おと》すように黙《だま》ってその鮨《すし》をまた台《だい》の上《うえ》へ置《お》いた。

「一度《いちど》持《も》ったのを置《お》いちゃあ、㉚しようがねえな」と言《い》って主《あるじ》は握《にぎ》った鮨《すし》を置《お》くと引《ひ》きかえに、それを自分《じぶん》の手元《てもと》へかえした。

上打轉。

「沒有紫菜捲的嗎？」

「啊，今天沒做。」肥胖的壽司店老闆邊捏著壽司，邊盯盯地看著學徒。

學徒打定了主意，做出像老內行的樣子，很神氣地伸出手，抓了三個排在一起的金槍魚壽司中的一個。可是，也不知怎的，當他把手縮回的時候却不像剛才伸出手時那麼神氣，忽然有些躊躇。

「一個是六錢哦！」老闆說。

學徒好像失魂落魄似的默不作聲地把壽司放回台上去。

「手拿過又放下，眞沒辦法！」老闆說著，一把手裏捏著的壽司放下，就把那個拿過的壽司抓回自己的手裏。

小僧《こぞう》は何《なに》も言《い》わなかった。小僧《こぞう》はいやな顔《かお》をしながら、その場《ば》がちょっと動《うご》けなくなった。しかしすぐある勇気《ゆうき》を振《ふ》るい起《おこ》して暖簾《のれん》の外《そと》へ出《で》て行《い》った。

「当今《とうこん》は鮨《すし》も上《あが》りましたからね。小僧《こぞう》さんにはなかなか食《た》べきれませんよ」主《あるじ》は少《すこ》し具合悪《ぐあいわる》そうにこんなことを言《い》った。そして一《ひと》つを握《にぎ》り終《お》ると、その空《あ》いた手《て》で今小僧《いまこぞう》の㉛手《て》をつけた鮨《すし》を㉜器用《きよう》に自分《じぶん》の口《くち》へ投《な》げ込《こ》むようにしてすぐ食《く》ってしまった。

四

「この間《あいだ》君《きみ》に教《おそ》わった鮨屋《すしや》へ行《い》ってみたよ」

「どうだい」

「なかなか旨《うま》かった。㉝それはそうと、見《み》ていると、皆《みんな》こういう手《て》つきをして、魚《さかな》の方《ほう》を下《した》にし

學徒什麼話也沒說。滿臉尷尬地站在那兒動也不動。可是，馬上又鼓起了勇氣，向布簾外走去了。

「現在壽司也漲價囉。當學徒可不容易吃哦！」老闆有點不太高興地說著。而一捏好一個壽司之後，就用那隻空著的手，把小學徒剛才抓過的壽司熟練的丟進自己的口中，馬上就吃掉了。

「前幾天，你跟我講過的那家壽司店，我去過」

「怎麼樣？」

「眞是太好吃。是啊！我看見大家都把手裝成這模樣，把魚的那邊放在下面，一下子就丟進嘴裏

て一《いっ》ぺんに口《くち》へ抛《ほう》り込《こ》むが、あれが通《つう》なのかい」

「まあ、鮪《まぐろ》はたいがいああして食《く》うようだ」

「なぜ魚《さかな》の方《ほう》を下《した》にするのだろう」

「つまり魚《さかな》が悪《わる》かった場合《ばあい》、舌《した》へヒリリと来《く》るのがすぐ知《し》れるからなんだ」

「それを聞《き》くとBの通《つう》も少《すこ》し怪《あや》しいもんだな」

Aは笑《わら》いだした。Aはその時《とき》小僧《こぞう》の話《はなし》をした。

そして、

「何《なん》だか可哀想《かわいそう》だった。どうかしてやりたいような気《き》がしたよ」と言《い》った。

「ご馳走《ちそう》してやればいいのに。いくらでも、食《く》えるだけ食《く》わしてやると言《い》ったら、さぞ喜《よろこ》んだろう。」

「小僧《こぞう》は喜《よろこ》んだろうが、㉞こっちが冷汗《ひやあせ》ものだ」

「冷汗《ひやあせ》？　つまり勇気《ゆうき》がないんだ」

，這樣才是內行的吃法嗎？」

「啊，好像吃金槍魚都是這麼吃的。」

「為什麼把魚的那邊放在下面呢？」

「也就是說，如果那魚不新鮮，吃起來舌頭會辣辣的，馬上就可以知道了。」

「聽你這麼說，B的內行也有點靠不住。」

A笑了，於是A就談起那個學徒來。

「總覺得眞是可憐，我很想幫助他一下！」

「你請他吃就好了嘛！對他說能吃多少就吃多少，他一定會很高興的吧！」

「他雖然會高興，我却會冒冷汗。」

「冒冷汗？也就是說沒有勇氣？」

「勇気《ゆうき》かどうかしらないが、ともかくそういう勇気《ゆうき》はちょっと出《だ》せない。すぐいっしょに出《で》てよそでご馳走《ちそう》するなら、まだやれるかもしれないが」

「まあ、㉟それはそんなものだ」とBも賛成《さんせい》した。

五

Aは幼稚園《ようちえん》に通《かよ》っている自分《じぶん》の小《ちい》さい子供《こども》がだんだん大《おお》きくなって行《い》くのを数《すう》の上《うえ》で知《し》りたい気《き》持《もち》から、風呂場《ふろば》へ小《ちい》さな体量称《たいりょうばかり》を備《そな》えつけることを思《おも》いついた。そしてある日彼《ひかれ》は偶然神田《ぐうぜんかんだ》の仙吉《せんきち》のいる店《みせ》へやって来《き》た。

仙吉《せんきち》はAを知《し》らなかった。しかしAのほうは仙《せん》吉《きち》を認《みと》めた。

店《みせ》の横《よこ》の奥《おく》へ通《つう》ずる三和土《たたき》になった所《ところ》に七《なな》つ八《やっ》つ大《おお》きいのから小《ちい》さいのまで荷物秤《にもつばかり》が順《じゅん》に並《なら》んで

「不知道是否有勇氣。不過那種勇氣我是拿不出來。要是一起馬上出去到別處去吃的話，也許辦得到也說不定……。」

「啊，說得有道理。」B也同意了。

因爲A想從數字上知道在上著幼稚園的自己的小孩子漸漸長大，所以，想到了在浴室裏裝置一台小型的體重計。而有一天，他偶然地來到神田的仙吉所在的那家店舖。

仙吉不認識A，但是A却認出了仙吉。

通往店裡横頭深處的水泥地上依次的排列著七八架從大到小的秤子。A選了其中最小的一架，和

いる。Aはその一番小《いちばんちい》さいのを選《えら》んだ。停車場《ていしゃば》や運送屋《うんそうや》にある大《おお》きな物《もの》とまったく同《おな》じで小《ちい》さい、その可愛《かわい》い秤《はかり》を妻《つま》や子供《こども》がさぞ喜《よろこ》ぶことだろうと彼《かれ》は考《かんが》えた。

番頭《ばんとう》が古風《こふう》な㊱帳面《ちょうめん》を手《て》にして、

「㊲お届《とど》け先《さ》きはどちらさまでございますか」

と言《い》った。

「そう……」とAは仙吉《せんきち》を見《み》ながらちょっと考《かんが》えて、

「その小僧《こぞう》さんは今《いま》、手隙《てすき》かネ？」と言《い》った。

「へえ別《べつ》に……」

「そんなら少《すこ》し急《いそ》ぐから、私《わたし》といっしょに来《き》てもらえないかネ」

「かしこまりました。では、車《くるま》へつけてすぐお供《とも》をさせましょう」

在車站及運輸店的大秤完全相同，可是是小的。他想這架可愛的秤子，太太和兒子一定會喜歡的。

掌櫃的手裏拿著舊式的帳簿說：

「送到什麼地方？」

「啊……」A一邊看著仙吉一邊稍微考慮著：

「那位學徒現在有空嗎？」

「是的，沒有什麼事？」

「這樣的話，因為稍微急了一點，請和我一起去好嗎？」

「是的。那麼，裝上車我就叫他與你一道去。」

Aは先日《せんじつ》ご馳走《ちそう》できなかった代《かわ》り、今日《きょう》どこかで小僧《こぞう》にご馳走《ちそう》してやろうと考《かんが》えた。

「それからお所《ところ》とお名前《なまえ》をこれへ一《ひと》つお願《ねが》いいたします。」金《かね》を払《はら》うと番頭《ばんとう》は別《べつ》の帳面《ちょうめん》を出《だ》して来《き》てこう言《い》った。

Aは㊳ちょっと弱《よわ》った。秤《はかり》を買《か》う時《とき》、その秤《はかり》の番号《ばんごう》といっしょに買手《かいて》の住所姓名《じゅうしょせいめい》を書《か》いて渡《わた》さねばならぬ規則《きそく》のあることを彼《かれ》は知《し》らなかった。名《な》を知《し》らしてからご馳走《ちそう》するのは同様《どうよう》いかにも冷汗《ひやあせ》の気《き》がした。仕方《しかた》なかった。彼《かれ》は考《かんが》え考《かんが》えでたらめの番地《ばんち》とでたらめの名《な》を書《か》いて渡《わた》した。

六

客《きゃく》は加減《かげん》をして㊴ぶらぶらと歩《ある》いている。その二三間後《にさんけんうしろ》から秤《はかり》を乗《の》せた小《ちい》さい手車《てぐるま》を挽《ひ》いた仙吉《せんきち》がついて行《い》く。

A想前些日子不能請學徒吃，所以今天要找個地方請他吃。

「還有，拜托您將地址和姓名留在這裏好嗎？」付了錢之後，掌櫃的拿出另一本簿子對A說。

A有點傷腦筋，買秤的時候，要把那把秤的號碼和買主的地址姓名交給人家的這種規矩他不知道，如果讓他知道了姓名而請他客，同樣的有點不好受。沒有辦法。他想了一想，只好隨便寫了一個假的姓名和住址交出了。

客人調整著脚步信步而行。距他四、五公尺後面，仙吉手拉著那輛載有秤子的手拉車跟著。

ある㊵俥宿《くるまやど》の前《まえ》まで来《く》ると、客《きゃく》は仙吉《せんきち》を待《ま》たせて中《なか》へ入《はい》って行《い》った。間《ま》もなく秤《はかり》は支度《したく》のできた㊶宿俥《やどぐるま》に積《つ》み移《うつ》された。

「では、頼《たの》むよ。それから金《かね》は先《さき》で貰《もら》ってくれ。そのことも名刺《めいし》に書《か》いてあるから」と言《い》って客《きゃく》は出《で》て来《き》た。そして今度《こんど》は仙吉《せんきち》に向《む》って、「お前《まえ》もご苦労《くろう》。お前《まえ》には何《なに》かご馳走《ちそう》してあげたいからその辺《へん》までいっしょにおいで」と笑《わら》いながら言《い》った。

仙吉《せんきち》は大変《たいへん》うまい話《はなし》のような、少《すこ》し薄気味悪《うすきみわる》い話《はなし》のような気《き》がした。しかし何《なに》しろ嬉《うれ》しかった。彼《かれ》はペコペコと二三度《にさんど》続《つづ》けざまにお㊷辞儀《じぎ》をした。

蕎麦屋《そばや》の前《まえ》も、鮨屋《すしや》の前《まえ》も、鳥屋《とりや》の前《まえ》も通《とお》り過《す》ぎてしまった。「どこへ行《い》く気《き》だろう」仙吉《せんきち》は少《すこ》し不安《ふあん》を感《かん》じだした。神田駅《かんだえき》の高架線《こうかせん》の下《した》を潜《くぐ》って松屋《まつや》の横《よこ》へ出《で》ると、電車通《でんしゃどおり》を越《こ》して、横町《よこまち》のあ

來到一家人力車行前，客人叫仙吉在外面等著就進去了。不久，秤子就被搬到雇好的人力車子上去。

「那麼，拜托你了。車錢到那邊拿。這件事我也寫在名片上了。」客人說著便走了出來。然後邊笑著邊對仙吉說：「辛苦你了。我想請你吃點什麼東西，現在就跟我一起到那邊去。」

仙吉聽了覺得太棒了，但又覺得有些怪怪的。總之他是很高興。他連續二、三次的點頭彎腰行禮

走過了麵館、壽司店、鷄肉店的前面。「要到哪兒去呢？」仙吉有點忐忑不安了。從神田車站的高架線下穿過後，就到了松屋旁邊。越過電車路，那位客人就在巷子裏的一家小的壽司店門前停了下來。

る小《ちい》さい鮨屋《すしや》の前《まえ》へ来《き》てその客《きゃく》は立《た》ち止《どま》った。

「ちょっと待《ま》ってくれ」こう言《い》って客《きゃく》だけ中《なか》へ入《はい》り、仙吉《せんきち》は手車《てぐるま》の㊸梶棒《かじぼう》を下《おろ》して立《た》っていた。

間《ま》もなく客《きゃく》は出《で》て来《き》た。その後《うしろ》から、若《わか》い品《ひん》のいいかみさんが出《で》て来《き》て、

「小僧《こぞう》さん、お入《はい》りなさい」と言《い》った。

「私《わたし》は先《さき》へ帰《かえ》るから、充分《じゅうぶん》食《た》べておくれ」こう言《い》って客《きゃく》は逃《に》げるように急《いそ》ぎ足《あし》で電車通《でんしゃどおり》のほうへ行《い》ってしまった。

仙吉《せんきち》はそこで三人前《さんにんまえ》の鮨《すし》を平《たい》らげた。餓《う》え切《き》った痩《や》せ犬《いぬ》が不時《ふじ》の食《しょく》にありついたかのように彼《かれ》はがつがつとたちまちの間《あいだ》に平《たい》らげてしまった。他《ほか》に客《きゃく》がなく、かみさんがわざと障子《しょうじ》を締《し》め切《き》って行《い》ってくれたので、仙吉《せんきち》は㊺見得《みえ》も何《なに》もなく、食《く》いたいようにして㊻鱈腹《たらふく》に食《く》うことができた。

「稍等一下。」客人說著便一個人進去了，仙吉把手拉車的把子放下站著。

不久客人出來了。他的後面跟著一位年輕文雅的老闆娘。

「伙計，請進來！」

「我先回去了，你多吃點吧！」這麼說著，客人像是逃走般似地快步走向電車路的方向去。

仙吉在那兒吃了三人份的壽司。像是餓極了的瘦狗突然找到了食物似地，貪婪地一會兒功夫吃光了那些東西。沒有其他客人，老闆娘特意關上拉門，走了出去，所以仙吉不管三七二十一，想吃多少就吃多少地吃個飽。

茶《ちゃ》をさしに来《き》たかみさんに、

「もっとあがれませんか」と言《い》われると、仙吉《せんきち》は赤《あか》くなって、

「いえ、もう」と下《した》を向《む》いてしまった。そして、忙《せわ》しく帰《かえ》り支度《じたく》を始《はじ》めた。

「㊼それじゃあネ、また食《た》べに来《き》てくださいよ。㊽お代《だい》はまだたくさんいただいてあるんですからネ。」

仙吉《せんきち》は黙《だま》っていた。

「お前《まえ》さん、あの旦那《だんな》とは前《まえ》から㊾お馴染《なじみ》なの?」

「いえ……」

「へえ……」こう言《い》って、かみさんは、そこへ出《で》て来《き》た主《あるじ》と顔《かお》を見合《みあ》せた。

「粋《いき》な人《ひと》なんだ。それにしても、小僧《こぞう》さん、また来《き》てくれないと、こっちが困《こま》るんだからネ。」


老闆娘泡了茶來。

「再吃一點好嗎?」仙吉被問得臉都紅了。

「不,已經夠了。」仙吉低著頭,忙著收拾準備回家。

「那麼,請再來吃吧!因爲付的錢還多著呢!」

仙吉默不作聲。

「你跟那位先生從前認識嗎?」

「不!」

「哦……」老闆娘說著,這時和走出來的老闆互相看了一眼。

「眞是個瀟灑的人。不過,小朋友,下次你要不來吃!我們可傷腦筋啦!」

仙吉《せんきち》は㊿下駄《げた》を穿《は》きながらただむやみとお辞儀《じぎ》をした。

七

Aは小僧《こぞう》に別《わか》れると追《お》いかけられるような気持《きもち》で電車通《でんしゃどおり》に出《で》ると、そこへちょうど通《とお》りかかった辻自動車《つじじどうしゃ》を呼《よ》び止《と》めて、すぐBの家《うち》へ向《むか》った。

Aは変《へん》に淋《さび》しい気《き》がした。自分《じぶん》は先《さき》の日小僧《ひこぞう》の㊾気《き》の毒《どく》な様子《ようす》を見《み》て、心《こころ》から同情《どうじょう》した。そして、できることなら、こうもしてやりたいと考《かんが》えていたことを今日《きょう》は偶然《ぐうぜん》の機会《きかい》から遂行《すいこう》できたのである。小僧《こぞう》も満足《まんぞく》し、自分《じぶん》も満足《まんぞく》していいはずだ。人《ひと》を喜《よろこ》ばすことは悪《わる》いことではない。自分《じぶん》は当然《とうぜん》、ある喜《よろこ》びを感《かん》じていいわけだ。ところが、どうだろう、この変《へん》に淋《さび》しい、いやな気持《きもち》は。なぜだろう。何《なに》から来《く》るのだろう。ちょうどそれは㊿人知《ひとし》

仙吉一邊穿著木屐，一邊胡亂地點頭。

A別了學徒，心裏有著被人追趕著似的，一來到電車路，就招了一部剛從那裏經過的計程車，立刻向B的家裡去。

A覺得很寂寞。前幾天因爲自己看到了學徒的可憐相，就從心底同情他。而想可能的話，想找個機會幫他一下。今天在偶然的機會下，終於完成了心願。學徒也滿足了，自己也應該滿足吧！讓人家高興不是壞事。自己當然應該感受喜悅才對。可是如何呢？這種說不出的寂寞，厭惡的感覺，是什麼緣故？又是從什麼而來的？就如同背地裏做了什麼壞事後的心情一樣。

れず悪《わる》いことをした後《あと》の気持《きもち》に似通《にかよ》っている。
(54)もしかしたら、自分《じぶん》のしたことが喜事《ぜんじ》だという変《へん》な意識《いしき》があって、それを本統《ほんとう》の心《こころ》から批判《ひはん》され、裏切《うらぎ》られ、嘲《あざけ》られているのが、こうした淋《さび》しい感《かん》じで感《かん》ぜられるのかしら？もう少《すこ》ししたことを小《ちい》さく、気楽《きらく》に考《かんが》えていれば(55)何《なん》でもないのかもしれない。自分《じぶん》は(56)知《し》らず知《し》らずこだわっているのだ。しかしとにかく恥《はじ》すべきことを行《おこな》ったというのではない。少《すく》くとも不快《ふかい》な感《かん》じて残《のこ》らなくてもよさそうなものだ、と彼《かれ》は考《かんが》えた。

その日《ひ》行《い》く約束《やくそく》があったのでBは待《ま》っていた。そして二人《ふたり》は夜《よる》になってから、Bの家《うち》の自動車《じどうしゃ》で、丫夫人《ふじん》の音楽会《おんがくかい》を聴《き》きに出掛《でか》けた。

晩《おそ》くなってAは帰《かえ》って来《き》た。彼《かれ》の変《へん》な淋《さび》しい気《き》持《もち》はBと会《あ》い、丫夫人《ふじん》の力強《ちからづよ》い独唱《どくしょう》を聴《き》いている

或許是自己覺得做了好事，認爲這種特別的意識，却受到了自己內心的批評、嘲笑，所以才產生那種黯然的感覺吧！如果將自己所做的事變小，放輕鬆點去想的話，也許什麼都沒有了。而自己却在無意地執拗著。不過總而言之，到底不是做了可恥的事。至少，總不該留著不快的感覺吧。A這麼想。

因爲那天他們有約，所以B在家裏等著。然後兩人在入夜之後，搭乘B家的汽車，出去聽丫夫人的音樂會。

A很晚了才回家。由於跟B會了面，又聽了丫夫人的强而有力的獨唱，他那黯然的感覺幾乎已完

内《うち》にほとんど直《なお》ってしまった。

「秤《はかり》どうも恐《おそ》れ入《い》りました」細君《さいくん》は㊼案《あん》の定《じょう》、その小形《こがた》なのを喜《よろこ》んでいた。子供《こども》はもう寝《ね》ていたが、大変喜《たいへんよろこ》んだことを細君《さいくん》は話《はな》した。

「それはそうと、先日鮨屋《せんじつすしや》で見《み》た小僧《こぞう》ネ、また会《あ》ったよ」

「まあ。どこで?」

「はかり屋《や》の小僧《こぞう》だった」

「奇遇《きぐう》ネ」

Aは小僧《こぞう》に鮨《すし》をご馳走《ちそう》してやったこと、それから、後《あと》、変《へん》に淋《さび》しい気持《きもち》になったことなどを話《はな》した」

「なぜでしょう。そんな淋《さび》しいお気《き》になるの、不思議《ふしぎ》ネ」善良《ぜんりょう》な細君《さいくん》は心配《しんぱい》そうに㊽眉《まゆ》をひそめた。細君《さいくん》はちょっと考《かんが》えるふうだった。すると、

全治好了。

「那架秤，眞麻煩你了。」太太果然對那小形很喜歡。小孩雖已睡着了，可是太太說，他也很高興。

「是啊！前幾天在壽司店見到的學徒，又遇到了。」

「哦，在哪兒？」

「就是那家秤店的學徒。」

「巧遇！」

A說了請學徒吃壽司的事情，還有事後的那種心裏覺得黯然的感覺等。

「爲什麼會有那種黯然的感覺呢？眞是不可思議。」善良的太太擔憂似地皺起眉頭，好像稍微沉思了一下。這麼一來，突然對A說：「唔，那種感

不意《ふい》に、「ええ、そのお気持《きもち》わかるわ」と言《い》いだした。

「そういうことありますわ。何《なん》でだか、そんなことあったように思《おも》うわ。」

「そうかな。」

「ええ、本統《ほんとう》にそういうことあるわ。Bさんは何《なん》ておっしゃって？」

「Bには小僧《こぞう》に会《あ》ったことは話《はな》さなかった」

「そう。でも、小僧《こぞう》はきっと大喜《おおよろこ》びでしたわ。そんな思《おも》い掛《がけ》ないご馳走《ちそう》になれば誰《だれ》でも喜《よろこ》びますわ。

私《わたし》でもいただきたいわ。そのお鮨電話《すしでんわ》で取寄《とりよ》せられませんの。」

八

仙吉《せんきち》は空車《からくるま》を挽《ひ》いて帰《かえ》って来た。彼《かれ》の腹《はら》は十二《じゅうに》

覺我是可以瞭解的哦！」

「那樣的事是有的，不知爲了什麼事？我也有過那種心境的。」

「是那樣嗎？」

「嗯，眞有這樣的事。B先生他是怎麼說呢？」

「碰到學徒的事我沒對他說。」

「是嗎？不過，學徒一定很高興的。這種意想不到的請客，誰都會高興的。

我也想吃！能不能打電話叫他們送來？」

仙吉拉著空車回到店裏。他的肚子脹得厲害。

分《ぶん》に張《は》っていた。これまでも腹《はら》いっぱいに食《く》ったことはよくある。しかし、こんな旨《うま》いものでいっぱいにしたことはちょっと憶《おも》い出《だ》せなかった。

彼《かれ》はふと、先日京橋《せんじつきょうばし》の屋台鮨屋《やたいずしゃ》で㊾恥《はじ》をかいたことを憶《おも》い出《だ》した。ようやくそれを憶《おも》い出《だ》した。すると、初《はじ》めて、今日《きょう》のご馳走《ちそう》がそれにある関係《かんけい》を持《も》っていることに気《き》がついた。もしかしたら、あの場《ば》にいたんだ、と思《おも》った。きっとそうだ。しかし自分《じぶん》のいる所《ところ》をどうして知《し》ったろう。これは少《すこ》し変《へん》だ、と彼《かれ》は考《かんが》えた。そう言《い》えば、今日《きょう》連《つ》れて行《い》かれた家《うち》はやはり先日番頭《せんじつばんとう》たちの噂《うわさ》をしていた、あの家《うち》だ。全体《ぜんたい》どうして番頭《ばんとう》たちの噂《うわさ》まであの客《きゃく》は知《し》ったろう。

仙吉《せんきち》は不思議《ふしぎ》でたまらなくなった。番頭《ばんとう》たちがその鮨屋《すしや》の噂《うわさ》をするように、AやBもそんな噂《うわさ》を

以前，也常常吃得這麼飽。可是，吃這麼美味的東西吃得這麼飽，却是沒有過的。

他突然，想起了前些日子在京橋壽司店裡出醜的事來。好不容易才想起來了。這麼一來，就想到今天的盛饌好像和那次有著某種關係。他想，也許那位客人當時也在場，一定是那樣的。可是，他怎麼會知道我的地方呢？這有點兒怪。這麼說，今天他帶我去吃的那家就是前幾天掌櫃們說的那家。可是究竟爲什麼他連掌櫃們的話都知道呢？

仙吉百思不解。他決不會想像得到，A和B，也和掌櫃們一樣，也在談著那家壽司店的事。他想

することは仙吉《せんきち》の頭《あたま》では想像《そうぞう》できなかった。彼《かれ》は⑥⓪一途《いちず》に自分《じぶん》が番頭《ばんとう》たちの噂話《うわさばなし》を聴《き》いた、その同《おな》じ時《とき》の噂話《うわさばなし》をあの客《きゃく》も知《し》っていて、今日《きょう》自分《じぶん》を連《つ》れて行《い》ってくれたに違《ちが》いないと思《おも》い込《こ》んでしまった。そうでなければ、あの前《まえ》にも二三軒鮨屋《にさんげんすしゃ》の前《まえ》を通《とお》りながら、通《とお》り過《す》ぎてしまったことが解《わか》らないと考《かんが》えた。

とにかくあの客《きゃく》はただものではないというふうにだんだん考《かんが》えられて来《き》た。自分《じぶん》が屋台鮨屋《やたいずしゃ》で恥《はじ》をかいたことも、番頭《ばんとう》たちがあの鮨屋《すしゃ》の噂《うわさ》をしていたことも、その上第一《うえだいいち》自分《じぶん》の心《こころ》の中《なか》まで見透《みとお》して、あんなに充分《じゅうぶん》、ご馳走《ちそう》をしてくれた。⑥①とていそれは人間業《にんげんわざ》ではないと考《かんが》えた。神《かみ》さまかもしれない。それでなければ仙人《せんにん》だ。もしかしたらお稲荷《いなり》さまかもしれない、と考《かんが》えた。

自己那一次專心地聽掌櫃們的閒談的同時，那位客人也知道了。所以他今天特地帶我到那裏去。要不然的話，在這之前也經過了兩三家的壽司店，爲什麼他却走過去了。

總之，他漸漸地覺得那位客人不是一位普通的凡人。自己在壽司攤丟臉之事和掌櫃們閒談那家壽司店的話，而且看透自己的心，又請自己吃個飽。仙吉想，畢竟那不是凡人所能做的事。也許是神吧！要不然就是神仙！也許是狐仙也說不定？仙吉這樣想著。

彼《かれ》がお稲荷《いなり》さまを考《かんが》えたのは彼《かれ》の伯母《おば》で、お稲《い》荷《なり》さま信仰《しんこう》で一時気違《いちじきちが》いのようになった人《ひと》があったからである。㉜お稲荷《いなり》さまが乗《の》り移《うつ》ると身体《からだ》を㉝ブルブル震《ふる》わして、変《へん》な予言《よげん》をしたり、遠《とお》い所《ところ》に起《おこ》った出来事《できごと》を言《い》い当《あ》てたりする。彼《かれ》はそれをある時見《ときみ》ていたからであった。しかしお稲荷《いなり》さまにしてはハイカラなのが少《すこ》し変《へん》にも思《おも》われた。それにしろ、超自然《ちょうしぜん》なものだという気《き》はだんだん強《つよ》くなって行《い》った。

他之所以想到狐仙，那是因為他的伯母，有人因信仰狐仙而一時發瘋。要是狐仙一附體的話，就會渾身發抖，或說奇怪的預言，或是猜中遠處所發生的事。因為他曾經看過這些。但是說那人是狐仙，現代人會覺得有點奇怪。儘管是那樣，但總之漸漸地覺得這是超自然的東西。

九

Aの一種《いっしゅ》の淋《さび》しい変《へん》な感《かん》じは日《ひ》とともに跡方《あとかた》なく消《き》えてしまった。しかし、彼《かれ》は神田《かんだ》のその店《みせ》の前《まえ》を通《とお》ることは妙《みょう》に㉞気《き》がさしてできなくなった。のみならず、その鮨屋《すしや》にも自分《じぶん》から出掛《でか》ける気《き》はしなくなった。

九

A的那種黯然的感覺已隨著日子的消逝而變得了無影無踪了。然而，他總覺得不好意思再經過神田的那家鮓店。不僅如此，連那家壽司店也沒有心思自己一個人去了。

「ちょうど(65)ようござんすわ。自家《うち》へ取《と》り寄《よ》せれば、皆《みんな》もお相伴《しょうばん》できて」と細君《さいくん》は笑《わら》った。

するとAは笑《わら》いもせずに、

「俺《おれ》のような気《き》の小《ち》さい人間《にんげん》はまったく軽々《かるがる》しくそんなことをするものじゃあ、ないよ」と言った。

十

仙吉《せんきち》には「あの客《きゃく》」がますます忘《わす》れられないものになって行《い》った。それが人間《にんげん》か超自然《ちょうしぜん》のものか、今《いま》はほとんど問題《もんだい》にならなかった、ただむやみとありがたかった。彼《かれ》は鮨屋《すしや》の主人夫婦《しゅじんふうふ》に再三《さいさん》言《い》われたにかかわらず再《ふたた》びそこへご馳走《ちそう》になりに行《い》く気《き》はしなかった。そう附《つ》け上《あが》ることは恐《おそ》ろしかった。

彼《かれ》は悲《かな》しい時《とき》、苦《くる》しい時《とき》に必《かなら》ず「あの客《きゃく》」を想《おも》

「這樣不是太好了嗎？叫到家裡來，大家都能陪你吃。」太太笑了。

這麼一來，A笑也不笑地，說：

「像我這樣氣量小的人，實在不該輕易做這種事。」

十

仙吉越來越忘不了「那位客人」。他是人呢？還是超自然的東西？現正幾乎巳不成問題了。他只是非常地感謝，他不管壽司店夫婦再三的叮嚀，還是不想再到那兒去吃壽司，那樣的得意忘形是可怕的。

每當他痛苦或悲傷的時候，一定想起「那位客

った。それは想《おも》うだけである慰《なぐさ》めになった。彼《かれ》はいつかはまた「あの客《きゃく》」が思《おも》わぬ恵《めぐ》みを持《も》って自《じ》分《ぶん》の前《まえ》に現《あらわ》れて来《く》ることを信《しん》じていた。

作者《さくしゃ》はここで筆《ふで》を擱《お》くことにする。実《じつ》は小僧《こぞう》が「あの客《きゃく》」の本体《ほんたい》を確《たし》めたい要求《ようきゅう》から、番頭《ばんとう》に番《ばん》地《ち》と名前《なまえ》を教《おし》えてもらってそこを尋《たず》ねて行《い》くことを書《か》こうと思《おも》った。小僧《こぞう》はそこへ行《い》って見《み》た。ところが、その番地《ばんち》には人《ひと》の住《すま》いがなくて、小《ちい》さい稲荷《いなり》の祠《ほこら》があった。小僧《こぞう》はびっくりした。——とこういうふうに書《か》こうと思《おも》った。しかしそう書《か》くことは小僧《こぞう》に対《たい》し少し惨酷《ざんこく》な気《き》がして来《き》た。㊻それゆえ作者《さくしゃ》は前《まえ》のところで擱筆《かくひつ》することにした。

（ポプラ　社）

人」。只要一想他就得到安慰。他相信有一天「那位客人」，會帶著意想不到的恩惠出現在自己的眼前。

作者決定就此擱筆的。事實上想寫那位學徒為了要知道「那位客人」的眞相，請掌櫃的告訴他那人的地址和姓名，學徒到了那兒去看看，可是，那個地址沒有人住，有個狐仙的小廟。學徒嚇了一跳——本打算這麼寫的。可是如此寫覺得，對學徒來說有點殘酷。因此之故，作者決定在上面就擱筆了。

註釋：

1.奉公：服務。

2.陽ざし：陽光。陽光照射。

3.暖簾：掛在商家門上印（寫）著商號的多幅半截布簾。

4.差し込む：射入。射進。

5.帳場：帳房。

6.退屈：無聊。

7.番頭：掌櫃的。

8.話しかける：開始說話。

9.脂身：肥肉。

10.今晩あたり：今晩時分。

11.しかるべき：適當。相當。

12.行儀よく：規規矩矩的。

13.くぐる：鑽進。

14.…というと：一提到。說及。

15.名代：有名。著名。名目。

16.どういう具合に：如何地。怎樣的。

17.腹がへる：肚子餓。

18.眼に映る：映入眼簾。

19.ともいわれないし：也不能說。也不好說。

20.真諭：黃銅。

21.分銅：法碼。秤錘。

22.ようとすると：正想要……的時候。剛要……就。

23.横町：巷口。

24.ノソノソ：慢吞吞的。慢條斯理的。

25.そばから：一……就馬上。

26.手摑み：用手抓。

27.立食：站著吃。

28.横合い：身邊。
29.ジロジロ：盯盯地。
30.しようがねえな：沒有辦法。
31.手をつけた：沾了手。弄髒。
32.器用：靈巧的。手脚俐落。
33.それはそうと：說得對。是啊！
34.こっちが冷汗ものだ：我倒有點害怕。
35.それはそんなものだ：言之有理。
36.帳面を手にする：手裏拿著帳簿。
37.お届けさき：送交地點。送投地點。
38.ちょっと弱った：有點傷腦筋。
39.ぶらぶら：信步而行。
40.俥宿：送貨店。運送行。
41.宿俥：送貨店的車子。
42.お辞儀をする：道謝。鞠躬。
43.梶棒：車把子。
44.品のいい：品格高尚。風度好。
45.見得も何もなく：不顧面子。毫無顧忌的。
46.鱈腹に食う：吃個夠。飽餐。
47.それじゃあネ：那麼。
48.お代：錢。
49.お馴染：熟人。
50.下駄：木屐。
51.辻自動車：計程車。
52.気の毒：可憐。可悲。可惜。不好意思。
53.人知れず：暗中。暗地裏。
54.もしかしたら：或許。
55.何でもない：算不了什麼。不要緊。
56.知らず知らず：不知不覺的。
57.案の定：果然。不出所料。

58.眉をひそめる：皺眉頭。
59.恥をかく：丟臉。出醜。
60.一途：一心一意。專心一致。
61.とうてい：無論如何也。
62.お稲荷さま：五谷神。土地公。「お稲荷さま」被認爲各種産業的守護神。神社中放置狐狸神。
63.ブルブル：發抖貌。
64.気がさがす：不好意思。難爲情。
65.ようござんすわ：太好啊！
66.それゆえ：因爲那個。所以。因此之故。

志賀直哉

明治十六年（一八八三）～昭和四十六年（一九七一年）。小說家。宮城縣人。學習院中等科、高等科、後進入東京大學英文科，後又轉入國文科，明治四十三年退學。他和武者小路實篤，有島武郎等創刊了同人雜誌「白樺」。

志賀直哉厭惡不正和虛僞，他的筆致達到客觀主義的頂點，他那種將自己的思想封閉於心中，冷靜而透徹的現實主義手法，明確地描寫了對人和大自然的靜觀，文體生動而簡潔，在近代作家中獨樹一幟，可說是日本寫實的典型。

主要的作品有

〔網走まで〕（明治四十三年發表）　〔母の死と新しい母〕・〔正義派〕（明治四十五年發表）

〔清兵衞と瓢箪〕（大正二月發表）　〔城の崎にて〕・〔好人物の夫婦〕・〔赤西蠣太〕・〔和解〕

（大正六年發表）〔流行感冒〕（大正八年發表）　〔小僧の神様〕・〔焚火〕・〔眞鶴〕・〔大津順吉〕（大正九年發表）　〔暗夜行路〕（大正十年發表）　〔邦子〕（昭和二年發表）

三四郎《さんしろう》

夏目漱石《なつめそうせき》

①うとうととして目《め》が覚《さ》めると女《おんな》は②いつのまにか、隣《となり》の爺《じい》さんと話《はなし》を始《はじ》めている。この爺《じい》さんはたしかにまえのまえの駅《えき》から乗《の》った田舎者《いなかもの》である。発車《はっしゃ》③間際《まぎわ》に④頓狂《とんきょう》な声《こえ》を出《だ》して、駈《か》け込《こ》んで来《き》て、いきなり⑤肌《はだ》を抜《ぬ》いだと思《おも》ったら背中《せなか》にお灸《きゅう》の痕《あと》がいっぱいあったので、三四郎《さんしろう》の記憶《きおく》に残《のこ》っている。爺《じい》さんが汗《あせ》を拭《ふ》いて、肌《はだ》を入《い》れて、女《おんな》の隣《とな》りに腰《こし》を懸《か》けたまでよく注意《ちゅうい》して見《み》ていたくらいである。

女《おんな》とは京都《きょうと》からの⑥相乗《あいのり》である。乗《の》った時《とき》から三四郎《さんしろう》の⑦目《め》についた。第一色《だいいちいろ》が黒《くろ》い。三四郎《さんしろう》は九州《きゅうしゅう》から山陽線《さんようせん》に移《うつ》って、だんだん京大阪《きょうおおさか》へ近付《ちかづ》

三四郎

夏目漱石

朦朦朧朧地睜眼一看，不知在何時女人和鄰座的老頭子開始談起話來了。這位老頭兒的確是從前兩站上車的鄉下佬。三四郎還記得快要開車之前，突然發出瘋狂的怪聲跑進來，馬上就把上衣脫得精光，露出滿背的灸痕。直到老頭兒把汗擦乾，穿上上衣，坐在女人的鄰座爲止，他還聚精會神地看着呢。

女人是從京都開始同車的同伴。他一上車三四郎便注目了。第一是膚色黑。三四郎從九州轉乘山陽線漸漸地駛近京都、大阪時，女人的膚色漸漸地

いてくるうちに、女《おんな》の色《いろ》が次第《しだい》に白《しろ》くなるのでいつのまにか故郷《こきょう》を⑧遠退《とおの》くような憐《あわ》れを感《かん》じていた。それでこの女《おんな》が車室《しゃしつ》にはいって来《き》た時《とき》は、なんとなく異性《いせい》の味方《みかた》を得《え》た心持《こころもち》がした。この女《おんな》の色《いろ》は実際九州色《じっさいきゅうしゅういろ》であった。

三輪田《みわた》のお光《みつ》さんと同《おな》じ色《いろ》である。国《くに》を立《た》つ間際《まぎわ》までは、お光《みつ》さんは、うるさい女《おんな》であった。傍《そば》を離《はな》れるのが大《おお》いに有難《ありがた》かった。けれども、こうしてみると、お光《みつ》さんのようなのも決《けっ》して悪《わる》くはない。

ただ⑨顔立《かおだち》からいうと、この女《おんな》のほうがよほど上等《じょうとう》である。口《くち》に締《しま》りがある。目《め》が判明《はっきり》している。額《ひたい》がお光《みつ》さんのように⑩だだっ広《びろ》くない。なんとなく好《い》い心持《こころもち》にでき上《あが》っている。それで三四郎《さんしろう》は五分《こふん》に一度《いちど》ぐらいは目《め》を上《あ》げて女《おんな》の方《ほう》を見《み》ていた。

變白，在不知不覺中使他感到好像有一種遠離故鄉的哀愁。因此，這女人走進車廂來時，不知怎的，他便覺得好像得了一個異性的伴侶似的。這個女人的膚色實在是九州人的。

和三輪田的阿光是同樣的膚色，在離開故鄉之前，阿光是囉唆的女子。離開她的旁邊是值得慶幸的。可是，就如此的看來，像阿光那樣的人也並不壞。

但就容貌而論，這女人却好得多了。抿著嘴目光烱然有神。額頭也不像阿光那樣寬大。不知爲什麼總覺得、生得很討人喜歡。因此，三四郎每隔五分鐘，抬頭看她一眼。兩人的視線時常相觸。當老頭兒坐到女人的鄰座時，尤使他注意，而盡量地將那

時時《ときどき》は女《おんな》と自分《じぶん》の目《め》が⑪ゆきあたることもあった。爺《じい》さんが女《おんな》の隣《となり》へ腰《こし》を掛《か》けた時《とき》などは、もっとも注意《ちゅうい》して、できるだけ長《なが》いあいだ、女《おんな》の様子《ようす》を見《み》ていた。その時女《ときおんな》は⑫にこりと笑《わら》って、さあお掛《かけ》と言《い》って爺《じい》さんに席《せき》を譲《ゆず》っていた。それからしばらくして、三四郎《さんしろう》は眠《ねむ》くなって寝《ね》てしまったのである。

その寝《ね》ているあいだに女《おんな》と爺《じい》さんは懇意《こんい》になって話《はなし》を始《はじ》めたものとみえる。目《め》を開《あ》けた三四郎《さんしろう》は黙《だま》って二人《ふたり》の話《はなし》を聞《き》いていた。女《おんな》はこんなことを言《い》う――

小供《こども》の玩具《おもちゃ》はやっぱり広島《ひろしま》より京都《きょうと》の方《ほう》が安《やす》くって善《い》いものがある。京都《きょうと》でちょっと用《よう》があって下《お》りたついでに、⑬蛸薬師《たこやくし》の傍《そば》で玩具《おもちゃ》を買《か》って来《き》た。久《ひさ》しぶりで国《くに》へ帰《かえ》って小供《こども》に逢《あ》うのは嬉《うれ》しい。

女人的姿態看了許久。那時女人嫣然一笑，說了聲請坐，便把位子讓給他。然後又過了一會兒，三四郎想睡覺，便睡着了。

好像是在他睡着的時候，女人和老頭子成了好朋友而開始談起話來了吧。睜開了眼的三四郎，默默地聽著兩人的談話，女人說起這樣的話來。

小孩子的玩具，到底還是京都比廣島價廉而物美。因有點事在京都下車，順便在蛸藥師附近買了玩具。好久沒回鄉了，這次回鄉見見孩子真是高興。可是，丈夫的滙款中斷，不得已而回娘家，所以很

しかし夫《おっと》の⑭仕送《しおく》りが⑮途切《とぎ》れて、仕方《しかた》なしに親《おや》の里《さと》へ帰《かえ》るのだから心配《しんぱい》だ。夫《おっと》は⑯呉《くれ》にいて長《なが》らく海軍《かいぐん》の職工《しょっこう》をしていたが戦争中《せんそうちゅう》は旅順《りょじゅん》の方《ほう》に行《い》っていた。戦争《せんそう》が済《す》んでからいったん帰《かえ》って来《き》た。間《ま》もなくあっちの方《ほう》が金《かね》が儲《もう》かるといって、また大連《たいれん》へ出稼《でかせ》ぎに行《い》った。はじめのうちは音信《たより》もあり、月々《つきづき》のものも⑰几帳面《ちゃんちゃん》と送《おく》ってきたから好《よ》かったが、この半歳《はんとし》ばかりまえから手紙《てがみ》も金《かね》もまるで来《こ》なくなってしまった。不実《ふじつ》な性質《たち》ではないから、大丈夫《だいじょうぶ》だけれども、いつまでも遊《あそ》んで食《た》べている⑱わけにはゆかないので、安否《あんぴ》のわかるまでは仕方《しかた》がないから、里《さと》へ帰《かえ》って待《ま》っているつもりだ。

爺《じい》さんは蛸薬師《たこやくし》も知《し》らず、玩具《おもちゃ》にも興味《きょうみ》がないとみえて、はじめのうちはただはいはいと返事《へんじ》だけしていたが、旅順以後《りょじゅんいご》急《きゅう》に同情《どうじょう》を催《もよお》して、それは

擔心。丈夫在吳做海軍工人做了很久，戰爭的時候到旅順去了。戰爭結束之後回來一次。不久，說那邊有錢可賺，又到大連去工作了。起初既有信，每月的錢也規規矩矩的寄回來，總算還不錯。但自從半年前，信和錢簡直全都沒有了，好在因爲不是不誠實的天性，大概還不要緊，但是不能老是坐吃山空，在沒有辦法確知丈夫的安否之前沒辦法，所以打算回娘家等著。

好像老頭子既不曉得蛸藥師，對於玩具也沒興趣，所以起初只管唯唯稱是。直到他說到旅順以後的事以後，他才突然動了惻隱之心說，那眞是太可

大《おお》いに⑲気《き》の毒《どく》だと言《い》いだした。自分《じぶん》の子《こ》も戦争《せんそう》中兵隊《ちゅうへいたい》にとられて、とうとう彼地《あっち》で死《し》んでしまった。いったい戦争《せんそう》はなんのためにするものだか解《わか》らない。あとで景気《けいき》でも好《よ》くなればだが、大事《だいじ》な子《こ》は殺《ころ》される。物価《しょしき》は高《たか》くなる。こんな⑳馬鹿気《ばかげ》たものはない。世《よ》の好《い》い時分《じぶん》に出稼《でかせ》ぎなどというものはなかった。みんな戦争《せんそう》のお蔭《かげ》だ。なにしろ信心《しんじん》が大切《たいせつ》だ。生《い》きて働《はたら》いているに違《ちがい》ない。もう少《すこ》し待《ま》っていればきっと帰《かえ》って来《く》る。——爺《じい》さんはこんな事《こと》を言《い》って、しきりに女《おんな》を慰《なぐさ》めていた。やがて汽車《きしゃ》が留《とま》ったら、ではお大事《だいじ》に、と、女《おんな》に挨拶《あいさつ》をして元気《げんき》よく出《で》ていった。

爺《じい》さんに続《つづ》いて下《お》りたものが四人《よにん》ほどあったが、㉑入《い》れ易《かわ》って、乗《の》ったのはたった一人《ひとり》しかない。もとから㉒込《こ》み合《あ》った客車《きゃくしゃ》でもなかったのが、急《きゅう》

憐了。他自己的兒子也是戰時被拉去當兵，終於死在戰地。到底戰爭是爲了什麼？眞是不明白。戰後要是景氣變好就好，然而自己寶貝的兒子被殺，物價上漲，眞沒有比這個更愚蠢的了。世界太平時無所謂出門做工的事。這都是由於戰爭的緣故。不管怎樣，信心最重要。他一定是平安無事地在工作著。再等待一段期間一定會回來的。——老頭子這樣說著，再三地安慰着她。不久車停了，他向女子說了一聲『請多保重』，便神采奕奕地下車去了。

跟着老頭子下車的人有四個人左右，而上車者只有一位。原來就不甚擁擠的客車，這一來突然冷清起來了。或許是因爲日暮的關係吧！站務員，撲

に淋《さび》しくなった。日《ひ》の暮《く》れたせいかもしれない。駅夫《えきふ》が屋根《やね》を㉓どしどし踏《ふ》んで、上《うえ》から灯《ひ》の点《つ》いた洋燈《ランプ》を挿《さ》し込《こ》んでゆく。三四郎《さんしろう》は思《おも》い出《だ》したように前《まえ》の停車場《ステーション》で買《か》った弁当《べんとう》を食《く》いだした。

車《くるま》が動《うご》きだして二分《にふん》も立《た》ったろうと思《おも》うころ、例《れい》の女《おんな》はすうと立《た》って三四郎《さんしろう》の横《よこ》を通《とお》り越《こ》して車《しゃ》室《しつ》の外《そと》へ出《で》て行《い》った。この時《とき》女《おんな》の帯《おび》の色《いろ》がはじめて三四郎《さんしろう》の目《め》にはいった。三四郎《さんしろう》は㉔鮎《あゆ》の煮浸《にびた》しの頭《あたま》を啣《くわ》えたまま女《おんな》の後姿《うしろすがた》を見送《みおく》っていた。便所《べんじょ》に行《い》ったんだなと思《おも》いながらしきりに食《く》っている。

女《おんな》はやがて帰《かえ》って来《き》た。今度《こんど》は正面《しょうめん》が見《み》えた。三四郎《さんしろう》の弁当《べんとう》はもう仕舞掛《しまいがけ》である。下《した》を向《む》いて一生懸命《いっしょうけんめい》に箸《はし》を突《つ》っ込《こ》んで二口三口《ふたくちみくち》㉕頰張《ほおば》ったが、女は、どうもまだ元《もと》の席《せき》へ帰《かえ》らないらしい。もしやと思《おも》って、㉖ひょいと目《め》を挙《あげ》て見《み》るとやっぱり正《しょう》

咚揆咚地踏在車頂上，把已經點着了的燈從上邊插進來。三四郎好像想起來似的，把在前站買的便當開始吃起來。

車開了約有兩分鐘，那女子一下子就站起來從三四郎旁邊通過走到車廂外去了，這個時候女子的腰帶之顏色方才映入了三四郎的眼裏，三四郎啣著煮熟的香魚頭，目送女人的背影，一邊想著她大概是到厠所去吧，一邊不停地吃著飯。

不久女子回來了，這次看到正面了，三四郎的便當已經快吃完了，他低著頭拚命地把筷子插進去，扒了兩三口，但女子好像還沒有回到原座上。心中既這樣忖著，於是悄悄地抬頭一看時，女子仍然正面站著，可是當三四郎抬頭看時女子也就動了起來。

面《めん》に立っていた。しかし、三四郎《さんしろう》が目《め》をあげる同時《どうじ》に女《おんな》は動《うご》きだした。ただ三四郎《さんしろう》の横《よこ》を通《とお》って、自分《じぶん》の座《ざ》へ帰《かえ》るべきところを、すぐと前《まえ》へ来《き》て、身体《からだ》を横《よこ》へ向《む》けて、窓《まど》から首《くび》を出《だ》して、静《しずか》に外《そと》を眺《なが》めだした。風《かぜ》が強《つよ》くあたって、鬢《びん》が㉗ふわふわするところが三《さん》四郎《しろう》の目《め》にはいった。この時三四郎《ときさんしろう》は空《から》になった弁《べん》当《とう》の折《おり》を力《ちから》いっぱいに窓《まど》から放《ほう》り出《だ》した。女《おんな》の窓《まど》と三四郎《さんしろう》の窓《まど》は一軒置《いっけんお》きの隣《となり》であった。風《かぜ》に逆《さか》らって抛《な》げた折《おり》の蓋《ふた》が白《しろ》く舞戻《まいもど》ったように見《み》えた時《とき》、三《さん》四郎《しろう》はとんだことをしたのかと㉘気《き》が付《つ》いて、ふと女《おんな》の顔《かお》を見《み》た。顔《かお》はあいにく列車《れっしゃ》の外《そと》に出《で》ていた。けれども女《おんな》は静《しず》かに首《くび》を㉙引《ひ》っ込《こ》めて更紗《さらさ》の手帛《ハンカチ》で額《ひたい》のところを丁寧《ていねい》に拭《ふ》き始《はじ》めた。三四郎《さんしろう》はともかくも謝《あや》まるほうが安全《あんぜん》だと考《かんが》えた。

「御免《ごめん》なさい」と言《い》った。

只是從三四郎旁邊走過，到了自己坐位的前方才扭過身體，把頭伸向窗外，靜靜地眺望著外面。面臨强風吹來，鬢絲零亂，此情此景，一一映入三四郎的眼裏。這時三四郎把空便當盒用力地拋出窗外。女子的窗口和三四郎的窗口是相隔一個座位的緊鄰。看見逆風拋棄的盒蓋很快的被風吹回時，三四郎覺得自己做了萬沒想到的事，不由得看了女子的臉孔。眞不湊巧，女子的臉當時在車窗之外。但她却靜靜地把頭縮回來，用印花布的手帕反覆地擦拭額頭。三四郎認爲無論如何，總得賠個不是才好。

「對不起」。他說。

女《おんな》は「いいえ」と答《こた》えた。まだ顔《かお》を拭《ふ》いている。三四郎《さんしろう》は仕方《しかた》なしに黙《だま》ってしまった。女《おんな》も黙《だま》ってしまった。そうしてまた首《くび》を窓《まど》から出《だ》した。三四《さんよ》人《にん》の乗客《じょうきゃく》は暗《くら》い洋燈《ランプ》の下《した》で、みんな寝《ね》ぼけた顔《かお》をしている。㉚口《くち》を利《き》いているものは誰《だれ》もない。汽《き》車《しゃ》だけが凄《すさま》じい音《おと》を立《た》てて行《い》く。三四郎《さんしろう》は目《め》を眠《ねむ》った。

しばらくすると「名古屋《なごや》はもうじきでしょうか」と言《い》う女《おんな》の声《こえ》がした。見《み》るといつのまにか㉛向《む》き直《なお》って、及《およ》び腰《こし》になって、顔《かお》を三四郎《さんしろう》の傍《そば》まで持《も》て来《き》ている。三四郎《さんしろう》は驚《おどろ》いた。

「そうですね」と言《い》ったが、はじめて東京《とうきょう》へ行《ゆ》くんだからいっこう㉜要領《ようりょう》を得《え》ない。

「㉝この分《ぶん》では後《おく》れますでしょうか」

「後《おく》れるでしょう」

女子回答『沒什麼』又繼續擦拭臉孔。三四郎沒有法子只得沉默著。女子也沉默著，而又把頭伸出窗外了。三四位乘客在暗淡的燈下，睡眼惺忪的。沒有一個人說話。只有火車發出淒厲的聲音奔駛著。三四郎閉上眼了。

過了一會兒，聽見女子的聲音：『名古屋快到了吧？』三四郎一看，不知什麼時候，她已轉過身來，彎着腰把臉靠近他的旁邊，三四郎吃了一驚。

「是罷」雖然這樣說，但自己也是初次往東京去，一點兒要領也沒有。

「像這樣子，要誤點罷！」

「會誤點吧！」

「あんたも名古屋《なごや》へお下《おり》で……」

「はあ、下《お》ります」

この汽車《きしゃ》は名古屋留《なごやどま》りであった。会話《かいわ》はすこぶる平凡《へいぼん》であった。ただ女《おんな》が三四郎《さんしろう》の筋向《すじむこ》うに腰《こし》を掛《かけ》たばかりである。それで、しばらくのあいだはまた汽車《きしゃ》の音《おと》だけになってしまう。

次《つぎ》の駅《えき》で汽車《きしゃ》が留《と》まった時《とき》、女《おんな》はようやく三四郎《さんしろう》に名古屋《なごや》へ着《つ》いたら迷惑《めいわく》でも宿屋《やどや》へ案内《あんない》してくれと言《い》いだした。一人《ひとり》では気味《きみ》が悪《わる》いからと言《い》って、しきりに頼《たの》む。三四郎《さんしろう》ももっともだと思《おも》った。けれども、そう快《こころよ》く引《ひ》き受《う》ける気《き》にもならなかった。なにしろ知《し》らない女《おんな》なんだから、すこぶる躊躇《ちゅうちょ》したにはしたが、断然断《だんぜんことわ》る勇気《ゆうき》も出《で》なかったので、まあ好《い》い加減《かげん》な㉞生返事《なまへんじ》をしていた。そのうち汽車《きしゃ》は名古屋《なごや》へ着《つ》いた。


「你也要到名古屋下車麼？」

「是的，要下車。」

這班火車是開到名古屋的，談話頗爲平凡，只是女子坐在三四郎的斜對面而已。因此，暫時又只聽到火車的聲音。

到下一站車停時，女子好不容易向三四郎說出，到名古屋時卽使是麻煩也要帶我到旅館去。他說一個人令人害怕的，再三拜託。三四郎也覺得這話有道理。但又不想痛痛快快地應承。因爲無論怎麼說是不認識的女子，所以頗爲躊躇了一陣。但又沒有斷然拒絕的勇氣，所以只得含含混混地答應著。不久火車到了名古屋。

大《おお》きな行李《こり》は新橋《しんばし》まで預《あず》けてあるから心配《しんぱい》はない。三四郎《さんしろう》は手頃《てごろ》なズックの革鞄《かばん》と傘《かさ》だけ持《も》って改札場《かいさつば》を出《で》た。頭《あたま》には高等学校《こうとうがっこう》の夏帽《なつぼう》を被《かぶ》っている。しかし卒業《そつぎょう》したしるしに徽章《きしょう》だけは捥《も》ぎ取《と》ってしまった。昼間《ひるま》見《み》るとそこだけ色《いろ》が新《あたら》しい。うしろから女《おんな》が尾《つ》いて来《く》る。三四郎《さんしろう》はこの帽子《ぼうし》に対《たい》して少少《しょうしょう》㉟極《きま》りが悪《わる》かった。けれども尾《つ》いて来《く》るのだから仕方《しかた》がない。女《おんな》のほうでは、この帽子《ぼうし》をむろん、ただの汚《きた》ない帽子《ぼうし》と思《おも》っている。

九時半《くじはん》に着《つ》くべき汽車《きしゃ》が四十分《よんじっぷん》ほど後《おく》れたのだから、もう十時《じゅうじ》は過《まわ》っている。けれども暑《あつ》い時分《じぶん》だから町《まち》は㊱まだ宵《よい》の口《くち》のように賑《にぎ》やかだ。宿屋《やどや》も目《め》の前《まえ》に二三軒《にさんげん》ある。ただ三四郎《さんしろう》にはちと立派《りっぱ》すぎるように思《おも》われた。そこで電気燈《でんきとう》の点《つ》いている三階作《さんがいづく》りのまえを澄《すま》して通《とお》り越《こ》して、ぶらぶら

因爲大的行李托運到新橋的，所以不必擔心。三四郎只拿著大小正合適的帆布手提包和雨傘出了剪票處。他頭上戴著高中學校的夏帽。但爲表示已經畢業了，只把徽章摘了下來。白天看來只有那裡的顏色很新。女子隨後跟來了，三四郎對於這帽子稍感有些不好意思。但她既已跟來了，所以也無可奈何，在女子看來，這帽子只是一頂平常的髒帽子而已。

九點半應該到的火車，誤點了四十分鐘，所以到時已十點多了，但因爲是夏天，所以街上還像傍晚時一般熱鬧。在眼前有二三家旅館。只是在三四郎想來有點兒過於濶綽。於是從點着電燈的三層建的樓房前面裝做若無其事的通過去，信步徜徉而行，由於人地生疏，究竟到哪裏去才好，不用說是不曉

歩《ある》いていった。むろん㊲不案内《ふあんない》の土地《とち》だからどこへ出《で》るか分《わか》らない。ただ暗《くら》い方《ほう》へ行《い》った。女《おんな》はなんともいわずに尾《つ》いて来《く》る。すると比較的淋《ひかくてきさび》しい㊳横町《よこちょう》の角《かど》から二軒目《にけんめ》に御宿《おんやど》という看板《かんばん》が見《み》えた。これは三四郎《さんしろう》にも女《おんな》にも相応《そうおう》な汚《きた》ない看板《かんばん》であった。三四郎《さんしろう》はちょっと振返《ふりかえ》って、一口女《ひとくちおんな》にどうですと相談《そうだん》したが、女《おんな》は結構《けっこう》だというんで、㊴思《おも》い切《き》ってずっとはいった。上《あが》り口《ぐち》で二人連《ふたりづ》れではないと断《ことわ》るはずのところを、入《い》らっしゃい。——どうぞお上《あが》り——御案内《ごあんない》——梅《うめ》の四番《よんばん》などとのべつに喋《しゃべ》られたので、やむをえず無言《むごん》のまま二人《ふたり》とも梅《うめ》の四番《よんばん》へ通《とお》されてしまった。

下女《げじょ》が茶《ちゃ》を持《も》ってくるあいだ二人《ふたり》はぼんやり向《む》かい合《あ》って坐《すわ》っていた。下女《げじょ》が茶《ちゃ》を持《も》って来《き》て、お風呂《ふろ》をと言《い》った時《とき》は、もうこの婦人《ふじん》は自分《じぶん》の連《つ》れ

得的，所以只往暗處走而已。女子什麼話也不說，只跟在後面。這麼一來在比較冷清的小巷角的第二家，可看見旅館之招牌。這是與三四郎及那女子很相稱的小氣的招牌。三四郎回過頭來和女子商量了一聲：「怎麼樣？」女子說：「好的。」所以便下決心一直進去了。在門口應該預先說好二人不是同件，但一進門便聽到——「請進——帶路——梅字四號——接連不斷的說著，兩人不得已，只好默默的同進了梅字四號。」

下女去拿茶的時候，兩個人茫然的相對而坐。下女拿了茶來，請他們洗澡的時候，他已經沒有聲明這婦人不是自己同伴的勇氣了。於是提著毛巾，

ではないと断《ことわ》るだけの勇気《ゆうき》が出《で》なかった。そこで㊵手拭《てぬぐい》をぶら下《さ》げて、お先《さき》へと挨拶《あいさつ》をして、風呂《ふろ》場《ば》へ出《で》て行《い》った。風呂場《ふろば》は廊下《ろうか》の突《つ》き当《あた》りで便所《べんじょ》の隣《となり》にあった。薄暗《うすぐら》くって、だいぶ不潔《ふけつ》のようである。三四郎《さんしろう》は着物《きもの》を脱《ぬ》いで、風呂桶《ふろおけ》の中《なか》へ飛《と》び込《こ》んで、少《すこ》し考《かんが》えた。こいつは㊶厄介《やっかい》だとじゃぶじゃぶ遣《や》っていると、廊下《ろうか》に足音《あしおと》がする。誰《だれ》か便《べん》所《じょ》へはいった様子《ようす》である。やがて出《で》て来《き》た。手《て》を洗《あら》う。それが済《す》んだら、ぎいと風呂場《ふろば》の戸《と》を半分《はんぶん》開《あ》けた。例《れい》の女《おんな》が入口《いりぐち》から、「ちいと流《なが》しましょうか」と聞《き》いた。三四郎《さんしろう》は大《おお》きな声《こえ》で、

「いえ、たくさんです」と断《ことわ》った。しかし女《おんな》は出《で》て行《い》かない。かえってはいって来《き》た。そうして帯《おび》を解《と》きだした。三四郎《さんしろう》といっしょに湯《ゆ》を使《つか》う気《き》とみえる。別《べつ》に恥《はずか》しい様子《ようす》も見《み》えない。三四郎《さんしろう》は

說了句：「我先去洗！」便到浴室去了，浴室在走廊的盡頭，厠所的隔壁，室中暗淡，很不潔淨的樣子。三四郎脫了衣服之後就跳進浴桶去了。稍微想了一下，却覺得這傢伙眞難對付，一邊想着一邊用水嘩啦嘩啦的在洗着的時候，覺得走廊上有脚步聲，好像有人進入厠所，不久出來了。在洗手，洗完了手，只聽得吱的一聲，浴室的門開了一半，那個女子在門口問：「要不要稍微搓一下背呢？」三四郎大聲地說：

「不，不用。」這樣的拒絕了，但女子並不出去，反而進來了。並且開始解腰帶了。看樣子是要和三四郎一起洗澡的，並沒顯出害羞的樣子。三四郎突然從浴桶裏跳出來，匆匆地把身體擦了一下，便回

たちまち湯槽《ゆぶね》を飛《と》び出《だ》した。㊷そこそこに身体《からだ》を拭《ふ》いて座敷《ざしき》へ帰《かえ》って、座蒲団《ざぶとん》の上《うえ》に坐《すわ》って、少《すく》なからず驚《おどろ》いていると、下女《げじょ》が宿帳《やどちょう》を持《も》って来《き》た。

三四郎《さんしろう》は宿帳《やどちょう》を取《と》り上《あ》げて、福岡県《ふくおかけん》京都郡《みやこぐん》真崎《まさき》村《むら》小川《おがわ》三四郎《さんしろう》二十三年《にじゅうさんねん》学生《がくせい》と正直《しょうじき》に書《か》いたが、女《おんな》のところへいってまったく困《こま》ってしまった。湯《ゆ》から出《で》るまで待《ま》っていれば好《よ》かったと思《おも》ったが、㊸仕《し》方《かた》がない。下女《げじょ》がちゃんと控《ひか》えている。やむをえず同県同郡同村同姓花《どうけんどうぐんどうそんどうせいはな》二十三年《にじゅうさんねん》㊹出鱈目《でたらめ》を書《か》いて渡《わた》した。そうしてしきりに団扇《うちわ》を使《つか》っていた。

やがて女《おんな》は帰《かえ》って来《き》た。「どうも、失礼致《しつれいいた》しました」と言《い》っている。三四郎《さんしろう》は「いいや」と答《こた》えた。

三四郎《さんしろう》は革鞄《かばん》の中《なか》から帳面《ちょうめん》を取《と》り出《だ》して日記《にっき》をつけだした。書《か》くこともなにもない。女《おんな》がいなけ

到室內坐在座墊上，正在心有餘悸的時候。下女把登記簿拿來了。

三四郎拿起登記簿，很老實的寫着：「福岡縣、京都郡眞崎村小川三四郎、23.歲、學生。」但寫到女子時，却爲難起來了。心想等她洗完澡出來再寫就好了，但沒有用，下女正在那裏等候着。不得已，便胡亂地寫着：「同縣同郡同村同姓花23.歲」寫罷交給了她，接着再三地搖着團扇。

不久，女子回來了，說：「實在對不起」。三四郎答道「那裏」。

三四郎從手提包中取出筆記簿來開始寫日記。却覺得沒什麼可寫。他想如果女子不在，他以爲可

れば書《か》くことがたくさんあるように思《おも》われた。すると女《おんな》は「ちょいと出《で》てまいります」と言《い》って部屋《へや》を出《で》ていった。三四郎《さんしろう》はますます日記《にっき》が書《か》けなくなった。どこへ行《い》ったんだろうと考《かんが》えだした。

そこへ下女《げじょ》が床《とこ》を延《の》べに来《く》る。広《ひろ》い蒲団《ふとん》を一枚《いちまい》しか持《も》って来《こ》ないから、床《とこ》は二《ふた》つ敷《し》かなくては不可《いけ》ないと言《い》うと、部屋《へや》が狭《せま》いとか、蚊帳《かや》が狭《せま》いとか言《い》って㊺埒《らち》が明《あ》かない。面倒《めんどう》がるようにもみえる。仕舞《しまい》にはただいま番頭《ばんとう》がちょっと出《で》ましたから、帰《かえ》ったら聞《き》いて持《も》ってまいりましょうと言《い》って、頑固《がんこ》に一枚《いちまい》の蒲団《ふとん》を蚊帳《かや》いっぱいに敷《し》いて出《で》ていった。

それから、しばらくすると女《おんな》が帰《かえ》って来《き》た。どうも遅《おそ》くなりましてと言《い》う。蚊帳《かや》の影《かげ》で何《なに》かしているうちに、がらんがらんという音《おと》がした。小供《こども》に見舞《みやげ》の玩具《おもちゃ》が鳴《な》ったに違《ちがい》ない。女《おんな》はやがて風呂《ふろ》

寫的事是很多的。這時女子說「我出去一下」便出門去了。三四郎的日記更加寫不成了。他想，她到哪裏去了呢？

這時候下女來鋪床，因爲見下女只拿來一床寛被，便對下女說，不舖兩個舖位是不行的，下女却說什麼房間太窄啦！蚊帳太小啦……事情沒有得到解決。看來像是嫌麻煩的樣子。最後只說現在店主出去了，等回來了問問他看再拿來吧！於是很頑固地把一張床被舖在蚊帳裏面，而出去了。

然後，過了一會兒，女子回來了，女子說：「回來得太遲了……」在蚊帳的暗影中不知在做什麼時，三四郎聽見有叮噹叮噹的聲音。一定爲小孩買的玩具在響吧。不久，女子好像是把包袱照原來的

敷包《しきづつみ》をもとのとおりに結《むす》んだとみえる。蚊帳《かや》の向《むこ》うで「お先《さき》へ」と言《い》う声《こえ》がした。三四郎《さんしろう》はただ「はあ」と答《こた》えたままで、㊻敷居《しきい》に尻《しり》を乗《の》せて、団扇《うちわ》を使《つか》っていた。いっそこのまま夜《よ》を明《あ》かしてしまおうかとも思《おも》った。けれども蚊《か》がぶんぶん来《く》る。外《そと》ではとても凌《しの》ぎ切《き》れない。三四郎《さんしろう》はついと立《た》って、革鞄《かばん》の中《なか》から、㊼キャラコの襯衣《シャツ》と洋袴《ズボン》下《した》を出《だ》して、それを素肌《すはだ》へ着《つ》けて、その上《うえ》から紺《こん》の兵児帯《へこおび》を締《し》めた。それから西洋手拭《タウエル》を二筋《ふたすじ》を持《も》ったまま蚊帳《かや》の中《なか》へはいった。女《おんな》は蒲団《ふとん》の向《むこう》の隅《すみ》でまだ団扇《うちわ》を動《うご》かしている。

「失礼《しつれい》ですが、私《わたし》は㊽疳性《かんしょう》で他人《ひと》の蒲団《ふとん》に寝《ね》るのが嫌《いや》だから……少《すこ》し蚤除《のみよけ》の工夫《くふう》を遣《や》るから御免《ごめん》なさい」

三四郎《さんしろう》はこんなことを言《い》って、あらかじめ、敷《し》

樣子包好了。在蚊帳的那邊聽到「我先睡了」的聲音，三四郎只答了聲「哦！」仍坐在門限上，搖着團扇。索性這樣子等到天亮罷，心裏雖然這麼想著，但蚊子嗡嗡地飛來。在蚊帳外無論如何是忍受不住的。三四郎突然站起來從皮包裏面拿出細薄的白綿布襯衫和襯褲，穿在身上，再用深藍色的腰帶繫住。然後拿著兩條西洋毛巾進了蚊帳，女子在被子的另一角落，還搖着團扇。

「對不起，因為我有神經質，不慣睡別人的棉被……我想辦法驅除跳蚤，對不起。」

三四郎說了那些話，便把預先鋪好的被單所剩

いてある㊾敷布《シード》の余《あま》っている端《はじ》を女《おんな》の寝《ね》ている方《ほう》へ向《む》けてぐるぐる捲《ま》き出《だ》した。そうして蒲団《ふとん》の真《まん》中《なか》に白《しろ》い長《なが》い仕切《しき》りを拵《こしら》えた。女《おんな》は向《むこ》うへ寝返《ねがえ》りを打《う》った。三四郎《さんしろう》は西洋手拭《タウエル》を広《ひろ》げて、これを自分《じぶん》の領分《りょうぶん》に二枚《にまい》続《つづ》きに長《なが》く敷《し》いて、その上《うえ》に細長《ほそなが》く寝《ね》た。その晩《ばん》は三四郎《さんしろう》の手《て》も足《あし》もこの幅《はば》の狭《せま》い西洋《タウ》手拭《エル》の外《そと》には一寸《いっすん》も出《で》なかった。女とは一言《ひとこと》も口をきかなかった。女《おんな》も壁《かべ》を向《む》いたままじっとして動《うご》かなかった。

夜《よ》はようよう明《あ》けた。顔《かお》を洗《あら》って膳《ぜん》に向《むか》った時《とき》、女《おんな》はにこりと笑《わら》って、「昨夜《ゆうべ》は蚤《のみ》は出《で》ませんでしたか」と聞《き》いた。三四郎《さんしろう》は「ええ、有難《ありがと》う、お蔭《かげ》さまで」というようなことを真面目《まじめ》に答《こた》えながら、下《した》を向《む》いて、お猪口《ちょく》の葡萄豆《ぶどうまめ》をしきりに突《つっ》つきだした。

勘定《かんじょう》をして宿《やど》を出《で》て、停車場《ステーション》へ着《つ》いた時《とき》、女《おんな》は

的一端，開始一層一層地捲到女子睡的那方面去。而在棉被的正當中做了個白而長的間隔。女子翻身睡向那面去了。三四郎把西洋毛巾伸開，把兩條毛巾接連著舖得很長，以此爲自己的領域。然後倘促地睡著。那一晚，三四郎的手和脚都沒有越出這狹窄的西洋毛巾一寸以外，和女子也沒有說一句話，女子也向壁而臥，一動也不動的。

好不容易等到天明。洗完臉就坐吃飯時，女子嫣然一笑地問道，「昨夜跳蚤沒有出來嗎？」三四郎很認眞地答道：「嗯，謝謝！托福沒有出來！」一邊低着頭再三地吃酒杯中的葡萄豆。

算了帳，出了旅館，到車站時，女子才向三四

はじめて関西線《かんさいせん》で四日市《よっかいち》の方《ほう》へ行《い》くのだということを、三四郎《さんしろう》に話《はなし》した。三四郎《さんしろう》の汽車《きしゃ》はまもなく来《き》た。時間《じかん》の都合《つごう》で女《おんな》は少《すこ》し待合《まちあわ》せることとなった。改札場《かいさつば》の際《きわ》まで送《おく》って来《き》た女《おんな》は、「いろいろ御厄介《ごやっかい》になりまして……では御機嫌《ごきげん》よう」と丁寧《ていねい》にお辞儀《じぎ》をした。三四郎《さんしろう》は鞄《かばん》と傘《かさ》を片手《かたて》に持《も》ったまま、空《あい》た手《て》で例《れい》の古帽子《ふるぼうし》を取《と》って、ただ一言《ひとこと》、「左様《さよう》なら」と言《い》った。女《おんな》はその顔《かお》をじっと眺《なが》めていた、が、やがて落付《おちつ》いた調子《ちょうし》で、「あなたはよっぽど度胸《どきょう》のないかたですね」と言《い》って、にやりと笑《わら》った。三四郎《さんしろう》はプラット・ホームの上《うえ》へ弾《はじ》き出《だ》されたような心持《こころもち》がした。車《くるま》の中《なか》へはいったら両方《りょうほう》の耳《みみ》がいっそう熱《ほて》り出《だ》した。しばらくはじっと小《ちい》さくなっていた。やがて車掌《しゃしょう》の鳴《な》らす口笛《くちぶえ》が長《なが》い列車《れっしゃ》の果《はて》から果《はて》まで響《ひび》き渡《わた》った。列車《れっしゃ》は

郎說出要乘關西線到四日市去，三四郎的火車不久就來了。因時間的關係，女子却要稍等一下，女子送他到剪票處，「承蒙種種照顧……那麼祝你一路平安。」很恭敬的向他鞠躬。三四郎一隻手拿著皮包和雨傘，用不拿東西的那隻手把那頂舊帽子拿下來，只說了一句：「再見」。女子凝視着他的臉，不久，用很沉着的語調說：「你眞是位沒有膽量的人啊！」說罷嫣然一笑。三四郎覺得好像被彈到月台上去似的。進入車內的時候，兩耳更覺發熱，一時茫然，只覺得自己很渺小。不久，車掌吹的哨子聲從長長的列車的這頭響到那頭。列車開始動了，三四郎悄悄地把頭伸向窗外，女子却早已不知去向了，只有大掛鐘映入眼裏。三四郎又悄悄的回到自己座位上。同車的人相當多，但却沒有一個人注意三四郎的擧動，只有坐在斜對面的一位男客，看了回到自己座

動《うご》きだす。三四郎《さんしろう》はそっと窓《まど》から首《くび》を出《だ》した。女《おんな》はとくの昔《むかし》にどこかへ行《い》ってしまった。大《おお》きな時《と》計《けい》ばかりが目《め》についた。三四郎《さんしろう》はまたそっと自分《じぶん》の席《せき》に帰《かえ》った。乗合《のりあい》はだいぶいる。けれども三四《さんし》郎《ろう》の挙動《きょどう》に注意《ちゅうい》するようなものは一人《ひとり》もない。ただ筋向《すじむこ》うに坐《すわ》った男《おとこ》が、自分《じぶん》の席《せき》に帰《かえ》る三四郎《さんしろう》をちょっと見《み》た。

三四郎《さんしろう》はこの男《おとこ》に見《み》られた時《とき》、なんとなく極《きま》りが悪《わる》かった。本《ほん》でも読《よ》んで気《き》を紛《まぎ》らかそうと思《おも》って、革鞄《かばん》を開《あ》けて見《み》ると、昨夜《ゆうべ》の西洋手拭《タウエル》が、上《うえ》のところにぎっしり詰《つま》っている。そいつを傍《わき》へ掻《か》き寄《よ》せて、底《そこ》のほうから、手《て》に障《さわ》った奴《やつ》をなんでも構《かま》わず引出《ひきだ》すと、読《よ》んでも解《わか》らないベーコンの論文集《ろんぶんしゅう》が出《で》た。ベーコンには気《き》の毒《どく》なくらい薄《うす》っぺらな粗末《そまつ》な仮綴《かりとじ》である。元来汽車《がんらいきしゃ》の中《なか》で読《よ》む了《りょう》

位的三四郎一眼而已。

三四郎被這男客看到時，不知怎的有些不好意思，想藉看書排遣心情。一打開皮包一看，昨夜的西洋毛巾，在上面的地方塞得滿滿的，把那東西推到一邊，在那底下用手隨便一摸，却抽出一本看也看不懂的培根論文集來。很對不起培根的是，薄薄的一本粗糙草草裝訂的書，本來並不打算在火車上看它，因爲在大的行李內裝不進去了。所以在整理時順便和二三册別的書一起放入手提包的底下，運

見《けん》もないものを、大《おお》きな行李《こり》に入《い》れ損《そこ》なったから、片付《かたつ》けるついでに提革鞄《さげかばん》の底《そこ》へ、外《ほか》の二三冊《にさんさつ》といっしょに放《ほう》り込《こ》んでおいたのが、運悪《うんわる》く当選《とうせん》したのである。三四郎《さんしろう》はベーコンの二十三頁《にじゅうさんページ》を開《ひら》いた。他《ほか》の本《ほん》でも読《よ》めそうにはない。ましてベーコンなどはむろん読《よ》む気《き》にならない。けれども三四郎《さんしろう》は恭《うやうや》しく二十三頁《にじゅうさんページ》を開《ひら》いて、万遍《まんべん》なく頁全体《ページぜんたい》を見回《みまわ》していた。三四郎《さんしろう》は廿三頁《にじゅうさんページ》のまえで一応《いちおう》昨夜《ゆうべ》のお浚《さらい》をする気《き》である。

元来《がんらい》あの女《おんな》はなんだろう。あんな女《おんな》が世《よ》の中《なか》にいるものだろうか。女《おんな》というものは、ああ落付《おちつい》て平気《へいき》でいられるものだろうか。無教育《むきょういく》なのだろうか、大胆《だいたん》なのだろうか。それとも無邪気《むじゃき》なのだろうか。⑩要《よう》するにいけるところまでいってみなかったから、⑪見当《けんとう》が付《つ》かない。思《おも》い切《き》ってもう少《すこ》

氣不好抽中了。三四郎打開培根第二十三頁，別的書都看不下去，何況是培根的當然更看不下去。但三四郎恭恭敬敬地打開二十三頁，把那頁全文不知看了多少遍。三四郎打開著二十三頁，一邊裝作看書的様子，一邊在回想昨夜的事情。

究竟那位女子是什麼人？那様的女子世界上有麼？所謂的女子，那様地沉着，那様蠻不在乎嗎？是沒受教育的呢？還是大膽的呢？還是天生浪漫的呢？總而言之由於自己未能深入體會看看，所以難以估計。當時要是下決心再仔細深入看看也好。但是太可怕了。臨別被他說出，你眞是位沒有膽量的人

しいってみると可《よ》かった。けれども恐《おそ》ろしい。別《わか》れ際《ぎわ》にあなたは度胸《どきょう》のないかただと言《い》われた時《とき》には、喫驚《びっくり》した。二十三年《にじゅうさんねん》の弱点《じゃくてん》が一度《いちど》に露見《ろけん》したような心持《こころもち》であった。親《おや》でもああ旨《うま》く言《い》い中《あ》てるものではない。……

三四郎《さんしろう》はここまで来《き》て、さらに悄然《しょげ》てしまった。どこの㉜馬《うま》の骨《ほね》だか分《わか》らないものに、頭《あたま》の上《あ》がらないくらい打《ど》やされたような気《き》がした。ベーコンの二十三頁《にじゅうさんページ》に対《たい》しても、はなはだ申訳《もうしわけ》がないくらいに感《かん》じた。

どうも、ああ狼狽《ろうばい》しちゃ駄目《だめ》だ。学問《がくもん》も大学生《だいがくせい》あったものじゃない。はなはだ人格《じんかく》に関係《かんけい》してくる。もう少《すこ》しはしようがあったろう。けれども相《あい》手《て》がいつでもああでるとすると、教育《きょういく》を受《う》けた自《じ》分《ぶん》には、あれより外《ほか》に受《う》けようがないとも思《おも》われ

。」的時候嚇了一跳，好像二十三年的弱點，一下子全被人發現了似的，就是父母親也不見得能說得那麼得當……。

三四郎想到這裏更加垂頭喪氣。誰知是哪兒來的這麼一塊料子？竟被他打得抬不起頭來似的。對於培根的二十三頁，覺得非常對不起。

總覺得那樣狼狽是不行的，還說什麼學問甚麼大學生，這太和人格有關，多少還應該有些辦法吧，可是，對方經常那樣突來的時候，受過教育的自己，除了那樣接受以外，實在也沒有別的辦法。那麼結論是不能隨便和女子接近了，但不知怎麼總覺得那

る。するとむやみに女《おんな》に近付《ちかづ》いてはならないというわけになる。なんだか(53)意気地《いくじ》がない。非常《ひじょう》に窮屈《きゅうくつ》だ。まるで不具《かたわ》にでも生《うま》れたようなものである。けれども……。

三四郎《さんしろう》は急《きゅう》に気《き》を易《か》えて、別《べつ》の世界《せかい》のことを思《おも》い出《だ》した。——これから東京《とうきょう》に行《い》く。大学《だいがく》にはいる。有名《ゆうめい》な学者《がくしゃ》に接触《せっしょく》する。趣味《しゅみ》品行《ひんせい》の具《そなわ》った学《がく》生《せい》と交際《こうさい》する。図書館《としょかん》で研究《けんきゅう》をする。著作《ちょさく》をやる。世間《せけん》で喝采《かっさい》する。母《はは》が嬉《うれ》しがる。というような未《み》来《らい》をだらしなく考《かんが》えて、大《おお》いに元気《げんき》を回復《かいふく》してみると、別《べつ》に二十三頁《にじゅうさんページ》のなかに顔《かお》を埋《うず》めている必要《ひつよう》がなくなった。そこでひょいと頭《あたま》を上《あ》げた。すると筋向《すじむこ》うにいたさっきの男《おとこ》がまた三四郎《さんしろう》の方《ほう》を見《み》ていた。今度《こんど》は三四郎《さんしろう》のほうでもこの男《おとこ》を見返《みかえ》した。

髭《ひげ》を濃《こ》く生《はや》している。面長《おもなが》の瘠《やせ》ぎすの、(54)ど

樣太懦弱。非常的不舒服。宛如生來就殘廢似的。可是……。

三四郎突然心機一轉，想起了另一個世界的事。——現在要到東京去，進入大學，和有名的學者接觸；和趣味品行具備的學生交往，在圖書館做研究，從事著作，博得社會上人們的喝采，母親覺得高興，當他無拘束地想到這樣的未來，精神不覺大振。便也沒有埋頭於這二十三頁的必要了，於是輕輕地把頭舉起。坐在對面的先前的那位男人還在看着三四郎，這次三四郎也回看他了。

鬍鬚生得很濃，面長而瘦，好像是神社的「神

ことなく神主《かんぬし》じみた男《おとこ》であった。ただ鼻筋《はなすじ》が真直《まっすぐ》に通《とお》っているところだけが西洋《せいよう》らしい。学校教育《がっこうきょういく》を受《う》けつつある三四郎《さんしろう》は、こんな男《おとこ》を見《み》るときっと教師《きょうし》にしてしまう。男《おとこ》は白地《しろじ》の絣《かすり》の下《した》に、丁重《ていちょう》に白《しろ》い襦袢《じゅばん》を重《かさ》ねて、紺足袋《こんたび》を穿《は》いていた。この服装《ふくそう》から推《お》して、三四郎《さんしろう》は先方《せんぽう》を中学校《ちゅうがっこう》の教師《きょうし》と鑑定《かんてい》した。大《おお》きな未来《みらい》を控《ひか》えている自分《じぶん》からみると、なんだか⑤⑤下《くだ》らなく感《かん》ぜられる。男《おとこ》はもう四《よん》十《じゅう》だろう。これよりさきもう発展《はってん》しそうにもない。

男《おとこ》はしきりに煙草《たばこ》をふかしている。長《なが》い烟《けむり》を鼻《はな》の穴《あな》から吹《ふ》き出《だ》して。⑤⑥腕組《うでぐみ》をしたところはたいへん悠長《ゆうちょう》にみえる。そうかと思《おも》うとむやみに便所《べんじょ》か何《なに》かに立《た》つ。立《た》つ時《とき》にうんと伸《のび》をすることがある。さも退屈《たいくつ》そうである。隣《となり》に乗合《のりあわせ》た人《ひと》が、新聞《しんぶん》の読《よ》み殻《がら》を傍《そば》に置《お》くのに借《か》りて看《み》る気《き》も出《だ》さない。

主」一般的人。只是鼻樑筆直處像西洋人。正在受學校教育的三四郎，一見到這樣的男人，一定把他當作教師。男的是穿著碎白點花紋衣服，裏面鄭重地襯以白色內衣，脚上穿着深藍色的布襪子。從這服裝上來推測，三四郎鑑定對方是中學教師。以前途遠大的自己看來，不知爲什麼總覺得沒有什麼了不起。男人已經四十了吧！前途上不像是有什麼發展。

男人猛抽著烟。縷縷的煙從鼻孔噴出，抱著胳膊看來甚爲悠閒。然而却又不住地到厠所去或到別處去，站起來時，有時哼的一聲伸個懶腰好像很無聊似的。鄰座的人把看過的報紙放在旁邊他也不去借來看。三四郎自然覺得奇怪，便把培根的論文集合起來，本想用心地看別的小說，但因爲太麻煩了也

三四郎《さんしろう》はおのずから妙《みょう》になって、ベーコンの論文《ろんぶん》集《しゅう》を伏《ふ》せてしまった。外《ほか》の小説《しょうせつ》でも出《だ》して、本気《ほんき》に読《よ》んでみようとも考《かんが》えたが、面倒《めんどう》だから已《や》めにした。それよりは前《まえ》にいる人《ひと》の新聞《しんぶん》を借《か》りたくなった。あいにく前《まえ》の人《ひと》はぐうぐう寝《ね》ている。三四《さんし》郎《ろう》は手《て》を延《の》ばして新聞《しんぶん》に手《て》を掛《か》けながら、わざと「お明《あ》きですか」と髭《ひげ》のある男《おとこ》に聞《き》いた。男《おとこ》は平気《へいき》な顔《かお》で「明《あ》いてるでしょうお読《よ》みなさい」と言《い》った。新聞《しんぶん》を手《て》に取《と》った三四郎《さんしろう》のほうはかえって平気《へいき》でなかった。

開《あ》けてみると新聞《しんぶん》には別《べつ》に見《み》るほどの事《こと》も載《の》っていない。一二分《いちにふん》で通読《つうどく》してしまった。㊼律義《りちぎ》に畳《たた》んで元《もと》の場所《ばしょ》へ返《かえ》しながら、ちょっと㊽会釈《えしゃく》すると、向《む》こうでも軽《かる》く挨拶《あいさつ》をして、

「君《きみ》は高等学校《こうとうがっこう》の生徒《せいと》ですか」と聞《き》いた。

就罷了。倒是突然想借前面那個人的報紙看了。不巧得很，那個人呼嚕呼嚕地睡着。三四郎一邊伸手拿報紙，一邊故意向有鬍子的男人問：「沒人看嗎？」男人滿不在乎的說：「沒人看吧！請看吧！」把報紙拿在手裏的三四郎，反而不能自在。

打開一看，報紙上並沒有刋載著特別可看的事情。一二分鐘就從頭到尾瀏覽一遍了，於是規規矩矩地疊好放在原處，一邊向對方點頭招呼，對方也輕輕地還了一禮。

「你是高中生嗎？」

三四郎《さんしろう》は被《かぶ》っている古帽子《ふるぼうし》の徽章《きしょう》の痕《あと》が、この男《おとこ》の眼《め》に映《うつ》ったのを嬉《うれ》しく感《かん》じた。

「ええ」と答《こた》えた。

「東京《とうきょう》の？」と聞返《ききかえ》した時《とき》、始《はじ》めて

「いえ、熊本《くまもと》です。……しかし…」と言《い》ったなり黙《だま》ってしまった。大学生《だいがくせい》だと言《い》いたかったけれども、言《い》うほどの必要《ひつよう》がないからと思《おも》って遠慮《えんりょ》した。相手《あいて》も「はあ、そう」と言《い》ったなり煙草《たばこ》を吹《ふ》かしている。なぜ熊本《くまもと》の生徒《せいと》が今《いま》ごろ東京《とうきょう》へ行《い》くんだともなんとも聞《き》いてくれない。熊本《くまもと》の生徒《せいと》には興味《きょうみ》がないらしい。この時三四郎《ときさんしろう》の前《まえ》に寝《ね》ていた男《おとこ》が「うん、なるほど」と言《い》った。それでいてたしかに寝《ね》ている。独言《ひとりごと》でもなんでもない。髭《ひげ》のある人は三四郎《さんしろう》を見《み》てにやにやと笑《わら》った。三四郎《さんしろう》はそれを機会《しお》に

三四郎戴的那頂舊帽子的徽章之痕跡，映入這位男人的眼裏，覺得很高興。

「是的」他回答着。

「東京的？」被再問的時候，他才說。

「不是，是熊本……可是……」只說了這些話便沉默住了，本來是想說是大學生的，但又覺得沒有說的必要，而廻避了。對方也只說了「哦！原來如此。」馬上就抽著烟，爲什麼熊本的學生，這個時候到東京去的話也不問。好像對於熊本的學生沒有興趣的樣子。這個時候睡在三四郎前面的男子說道「哦！原來如此。」但這男人確實是睡着。並不是自言自語或什麼的。有鬍子的人看著三四郎而笑著。三四郎乘此機會問道：

「あなたはどちらへ」と聞《き》いた。

「東京《とうきょう》」とゆっくり言《い》ったぎりである。なんだか中学校《ちゅうがっこう》の先生《せんせい》らしくなくなってきた。けれども三《さん》等《とう》へ乗《の》っているくらいだからたいしたものでないことは明《あき》らかである。三四郎《さんしろう》はそれで談話《だんわ》を切《き》り上《あ》げた。髭《ひげ》のある男《おとこ》は腕組《うでぐみ》をしたまま、時々《ときどき》下駄《げた》の前歯《まえば》で、㊾拍子《ひょうし》を取《と》って、床《ゆか》を鳴《な》らしたりしている。よほど退屈《たいくつ》にみえる。しかしこの男《おとこ》の退屈《たいくつ》は話《はな》したがらない退屈《たいくつ》である。

汽車《きしゃ》が豊橋《とよはし》へ着《つ》いた時《とき》、寝《ね》ていた男《おとこ》がむっくり起《お》きて眼《め》を擦《こす》りながら下《お》りて行《い》った。よくあんなに都合《つごう》よく眼《め》を覚《さ》ますことができるものだと思《おも》った。ことによると寝《ね》ぼけて停車場《ステーション》を間違《まちが》えたんだろうと気遣《きづかい》ながら、窓《まど》から眺《なが》めていると、決《けっ》してそうでない。無事《ぶじ》に改札場《かいさつば》を通過《つうか》して、正気《しょうき》の人《にん》

「你到哪兒去？」

「東京。」對方只慢慢地說出了這一句。不知怎的，看來又有些不大像中學的教員。但坐在三等車的人，總不是什麼大不了的人物是很明顯的。三四郎因此把談話打斷了。有鬍子男人抱著胳膊時常用木屐的前齒，很有節拍地敲著地板，使地板發出聲音。看樣子非常無聊。但是此人之無聊是不願說話的無聊。

火車到達豊橋時，睡著的那位男子忽地起來，一邊揉着眼一邊下車而去，竟能醒得那麼巧。也許睡迷糊了，看錯了車站罷，他這樣地擔心著，從車窗口一瞧，絕非如此那個人平安地通過剪票處，像個神智清醒的人一樣地出去了。三四郎才放心地把座位移到那邊。於是和有鬍子的人成了緊鄰，有鬍子

間《げん》のように出《で》て行《い》った。三四郎《さんしろう》は安心《あんしん》して席《せき》を向《むこ》う側《がわ》へ移《うつ》した。これで髭《ひげ》のある人《ひと》と隣《とな》り合《あわ》せになった。髭《ひげ》のある人《ひと》は入《い》れ換《かわ》って、窓《まど》から首《くび》を出《だ》して、水蜜桃《すいみつとう》を買《か》っている。

やがて二人《ふたり》の間《あいだ》に果物《くだもの》を置《お》いて。

「食《た》べませんか」と言《い》った。

三四郎《さんしろう》は(60)礼《れい》をいって、一《ひと》つ食《た》べた。髭《ひげ》のある人《ひと》は好《す》きとみえて、無暗《むやみ》に食《た》べた。三四郎《さんしろう》にもっと食《た》べろと言《い》う。三四郎《さんしろう》はまた一《ひと》つ食《た》べた。二人《ふたり》が水蜜桃《すいみつとう》を食《た》べているうちにだいぶ親密《しんみつ》になっていろいろな話《はなし》を始《はじ》めた。

その男《おとこ》の説《せつ》によると、桃《もも》は果物《くだもの》のうちで一番仙《いちばんせん》人《にん》めいている。なんだかばかみたような味《あじ》がする。第一核子《だいいちたね》の恰好《かっこう》が無器用《ぶきよう》だ。かつ穴《あな》だらけでたいへんおもしろくでき上《あが》っていると言《い》う。三四郎《さんしろう》は

的人従窗戸伸出頭在買著水蜜桃。

不久，二人之間放著水果。說：

「請吃吧！」

三四郎道謝之後，吃了一個。看樣子有鬍子的男人好像很喜歡的樣子，過分地吃著，同時也向三四郎勸說再吃些！三四郎又吃了一個。兩個人吃着水蜜桃之間漸漸地親蜜起來開始談起種種的事情。

據那位男人說，桃子是水果之中最接近仙人者，不知爲什麼，吃起來，總覺得有一種被騙的感覺的味道。第一：核子的樣子不好看，且滿核是孔、長得實在有趣。三四郎尚係初聞此說，但覺得這像

始《はじ》めて聞《き》く説《せつ》だが、ずいぶんつまらないとことを言《い》う人《ひと》だと思《おも》った。

次《つぎ》にその男《おとこ》がこんなことを言《い》いだした。子規《しき》は果物《くだもの》がたいへん好《す》きだった。かついくらでも食《く》える男《おとこ》だった。ある時《とき》大《おお》きな樽柿《たるがき》を十六《じゅうろく》食《く》ったことがある。それで何《なん》ともなかった。自分《じぶん》などはとても子規《しき》の真似《まね》はできない。

——三四郎《さんしろう》は笑《わら》って聞《き》いていた。けれども子規《しき》の話《はなし》だけには興味《きょうみ》があるような気《き》がした。もう少《すこ》し子規《しき》のことでも話《はな》そうかと思《おも》っていると。

「どうも好《す》きなものには自然《しぜん》と手《て》が出《で》るものでね。仕方《しかた》がない。豚《ぶた》などは手《て》が出《で》ない代《かわ》りに鼻《はな》が出《で》る。豚《ぶた》をね、縛《しば》って動《うご》けないようにしておいて、その鼻《はな》の先《さき》へ、ご馳走《ちそう》を並《なら》べて置《お》くと、動《うご》けないものだから、鼻《はな》の先《さき》がだんだん延《の》びて来《く》るそうだ。

伙淨說無聊話的人。

接着那個人又說起這樣的話來，子規很喜歡水果，並且是要吃多少就能吃多少的人。有次曾吃過十六個大的樽柿，而且也沒有怎麼樣，自己無論如何也不能模倣子規的。

三四郎笑而聽著，但好像只有子規的話才覺得有興趣，他以爲或者還要再多談一些子規的事。

「實在喜歡的東西自然要伸手的，眞沒辦法。豬等不能伸手而伸鼻。聽說把豬縛住而不讓它動，要是把好吃的東西擺放在它的鼻前的話，因身體不能動，鼻尖會慢慢地伸出來。據說是一直伸到那好吃的東西爲止，沒有像一念那樣可怕的了。」這樣的

ご馳走《ちそう》に届《とど》くまでは延《の》びるそうです。どうも一念《いちねん》ほど恐《おそ》ろしいものはない」と言《い》って、にやにや笑《わら》っている。まじめだか冗談《じょうだん》だか、判然《はんぜん》と区別《くべつ》しにくいような話《はな》し方《かた》である。

「まあお互《たがい》に豚《ぶた》でなくって仕合《しあわ》せだ。そう欲《ほ》しいもののほうへ無暗《むやみ》に鼻《はな》が延《の》びて行《い》ったら、今《いま》ごろは汽車《きしゃ》にも乗《の》れないくらい長《なが》くなって困《こま》るに違《ちがい》ない」

三四郎《さんしろう》は吹《ふ》き出《だ》した。けれども相手《あいて》は存外静《ぞんがいしず》かである。

「実際危険《じっさいあぶな》い。レオナルド・ダ・ヴィンチという人《ひと》は桃《もも》の幹《みき》に砒石《ひせき》を注射《ちゅうしゃ》してね。その実《み》へも毒《どく》が回《まわ》るものだろうか、どうだろうかという試験《しけん》をしたことがある。ところがその桃《もも》を食《く》って死《し》んだ人《ひと》がある。危険《あぶな》い。気《き》を付《つ》けないと危険《あぶな》い」と言《い》い

說，而笑著。是眞的呢？還是開玩笑，從他的語調很難明確的判斷出來。

「我們該慶幸不是豬。要是如此地無限地伸長鼻子到想得到的東西那邊時，現在恐怕要長到火車也不能坐了，那一定是很傷腦筋。」

三四郎爆笑出來，但對方却意外地鎭靜。

「實在是危險的。名叫達芬奇的人，在桃樹的樹幹上注射砒霜，試驗那毒藥究竟影響到桃子沒有，可是吃了那桃子，有人死了，危險！不留心是危險的！」一邊說著一邊吃得很零散的水蜜桃的核子及皮等用報紙包集起來，扔到窗外去了。

ながら、さんざん食《く》い散《ち》らした水蜜桃《すいみつとう》の核子《たね》やら皮《かわ》やらを、一纒め《ひとまとめ》に新聞《しんぶん》に包《くる》んで、窓《まど》の外《そと》へ抛《な》げ出《だ》した。

今度《こんど》は三四郎《さんしろう》も笑《わら》う気《き》が起《おこ》らなかった。レオナルド・ダ・ヴィンチという名《な》を聞《き》いて少《すこ》しく辟易《へきえき》した上《うえ》に、何《なん》だか昨夕《ゆうべ》の女《おんな》のことを考《かんが》えだして、妙《みょう》に不愉快《ふゆかい》になったから、謹《つつし》んでだまってしまった。けれども相手《あいて》はそんなことにいっこう気《き》が付《つ》かないらしい。やがて、

「東京《とうきょう》はどこへ」と聞《き》きだした。

「実《じつ》は始《はじ》めてで様子《ようす》が善《よ》く分《わか》らんのですが……(61)差《さ》し当《あた》り国《くに》の寄宿舎《きしゅくしゃ》へでも行《い》こうかと思《おも》っています」と言《い》う。

「じゃ熊本《くまもと》はもう……」

「今度卒業《こんどそつぎょう》したのです」

這次也沒有引起三四郎的笑，聽到叫做達芬奇的名字，已經有些感到束手無策，不知怎的又想起了昨夜的女子，而感到很異常地不愉快起來，所以謹愼地沉默著，但是對方好像全然沒有注意到那些。不久又問道：

「到東京的何處？」

「說實在的，因爲是初次所以樣子也不太知道……目前想是否到家鄉的寄宿舍去」這樣的說。

「那麼熊本已經……。」

「應屆畢業的。」

「はあ、そりゃ」と言《い》ったがおめでたいともけっこうだとも付《つ》けなかった。ただ「するとこれから大学《だいがく》へはいるのですね」といかにも平凡《へいぼん》であるかのごとくに聞いた。

三四郎《さんしろう》はいささか物足《ものた》りなかった。その代《かわ》り、「ええ」という二字《にじ》で挨拶《あいさつ》を片付《かたづ》けた。

「科《か》は」とまた聞《き》かれる。

「㉜一部《いちぶ》です」

「法科《ほうか》ですか」

「いいえ文科《ぶんか》です」

「はあ、そりゃ」とまた言《い》った。三四郎《さんしろう》はこのはあ、そりゃを聞《き》くたびに妙《みょう》になる向《む》うがおおいに偉《えら》いか、おおいに人《ひと》を踏《ふ》み倒《たお》しているか、そうでなければ大学《だいがく》にまったく縁故《えんこ》も同情《どうじょう》もない男《おとこ》に違《ちがい》ない。しかしそのうちのどっちだか見当《けんとう》が付《つ》かない

「哦！那！」這樣的說了，可是既不說可賀，也不說好極了。「這麼一來，現在是要進大學了吧！」聽起來的確是那樣的平凡。

三四郎雖然稍微不滿意。於是「是的」這樣的用二個字解決了回答。

「科系呢？」他又問了。

「是一部。」

「法科嗎？」

「不，是文科」

「哦、那！」又說了，三四郎每次聽到「哦、那！」便覺得怪怪的，對方是太偉大了？或是看貶了人？要不是那樣那樣的話，一定是對大學既沒有緣分也沒有同情的人，但究竟是那一種，因為無法預測，所以對於這個男人的態度也極不明瞭。

のでこの男《おとこ》に対《たい》する態度《たいど》もきわめて不明瞭《ふめいりょう》であった。

浜松《はままつ》で二人《ふたり》とも申《もう》し合《あわ》せたように弁当《べんとう》を食《く》った。食《く》ってしまっても汽車《きしゃ》は容易《ようい》に出《で》ない。窓《まど》から見《み》ると、西洋人《せいようじん》が四五人《しごにん》列車《れっしゃ》の前《まえ》を往《い》ったり来《き》たりしている。そのうちの一組《ひとくみ》は夫婦《ふうふ》とみえて、暑《あつ》いのに手《て》を組《く》み合《あわ》せている。女《おんな》は上下《うえした》とも真白《まっしろ》な着物《きもの》で、たいへん美《うつく》しい。三四郎《さんしろう》は生《うま》れてから今日《こんにち》に至《いた》るまで西洋人《せいようじん》というものを五六人《ごろくにん》しか見《み》たことがない。そのうちの二人《ふたり》は熊本《くまもと》の高等学校《こうとうがっこう》の教師《きょうし》で、その二人《ふたり》のうちの一人《ひとり》は運悪《うんわる》く背虫《せむし》であった。女《おんな》では宣教師《せんきょうし》を一人《ひとり》知《し》っている。ずいぶん尖《とん》がった顔《かお》で、鱚《きす》または魳《かます》に類《るい》していた。だから、こういう派手《はで》な奇麗《きれい》な西洋人《せいようじん》は珍《めず》らしいばかりではない。すこぶる上等《じょうとう》に見《み》える。三四郎《さんしろう》は一生懸命《いっしょうけんめい》に見惚《みと》れていた。これでは威張《いば》るのももっともだと思《おも》っ

在濱松，兩人都不約而同吃著便當。吃完了，火車仍然不開，從車窗一望，有四五個西洋人，在車前走來走去，其中有一對好像是夫婦，雖然天氣熱，却互相挽著手，女子的衣服，上下都是雪白的，非常美麗，三四郎從出生到今天，所謂的西洋人只見過五六個人，其中的兩個人是熊本高中的教師，兩個人之中的一個不幸傴僂，關於女子，只認識一位傳教士，臉面甚尖，類似鱒或梭魚。所以對於這樣艷麗秀美的西洋人，不僅覺得稀罕，而且覺得非常高尚，三四郎一心一意地看得入迷，他想西洋人之驕傲自滿，也是有道理的。他覺得自己到西洋去，要是進入這樣的人群中，一定感覺自慚形穢。他們從窗前經過時，他雖然很專心地聽著兩個人的話，但一點兒也不懂。和熊本的教師之發音好像完

た。自分《じぶん》が西洋《せいよう》へ行《い》って、こんな人《ひと》の中《なか》にはいったらさだめし(63)肩身《かたみ》の狭《せま》いことだろうとまで考《かんが》えた。窓《まど》の前《まえ》を通《とお》る時《とき》二人《ふたり》の話《はなし》を(64)熱心《ねっしん》に聞《き》いてみたがちっとも分《わか》らない。熊本《くまもと》の教師《きょうし》とはまるで発《はつ》音《おん》が違《ちが》うようだ。

ところへ例《れい》の男《おとこ》が首《くび》を後《うしろ》から出《だ》して、

「まだ出《で》そうもないのですかね」と言《い》いながら、今行《いまい》き過《す》ぎた、西洋《せいよう》の夫婦《ふうふ》をちょいと見《み》て、

「ああ美《うつく》しい」と小声《こごえ》に言《い》って、すぐに(65)生欠《なまあく》伸《び》をした。三四郎《さんしろう》は自分《じぶん》がいかにも田舎《いなか》ものらしいのに気《き》が着《つ》いて、さっそく首《くび》を引《ひ》き込《こ》めて、着《ちゃく》座《ざ》した。男《おとこ》もつづいて席《せき》に返《かえ》った。そうして、

「どうも西洋人《せいようじん》は美《うつ》くしいですね」と言《い》った。

三四郎《さんしろう》は別段《べつだん》の答《こたえ》も出《で》ないのでただはあと受《う》けて笑《わら》っていた。すると髭《ひげ》の男《おとこ》は、

全不同的樣子。

正當那個男子從後面把頭伸出去的時候

「還不像要開的樣子吧！」一邊說一邊稍微看了一下剛才過去的洋夫婦。

「啊！好漂亮！」這樣的小聲說，馬上打個呵欠。三四郎發覺到自己太土了，立刻把頭縮回 坐在座位，男人也接著返回座位。而說：

「西洋人實在漂亮啊！」

因爲三四郎沒有特別的回答什麼，所以只有「哦」了一聲而笑著。於是有鬍子的男人說：

「お互《たがい》は憐《あわ》れだなあ」と言《い》いだした。「こんな顔《かお》をして、こんなに弱《よわ》っていては、いくら日露《にちろ》戦争《せんそう》に勝《か》って、一等国《いっとうこく》になってもだめですね。もっとも建物《たてもの》を見《み》ても、庭園《ていえん》を見《み》ても、いずれも顔相応《かおそうおう》のところだが、――あなたは東京《とうきょう》が始《はじ》めてなら、まだ富士山《ふじさん》を見《み》たことがないでしょう。今《いま》に見《み》えるからご覧《らん》なさい。あれが(66)日本《にほん》一《いち》の名物《めいぶつ》だ。あれより外《ほか》に自慢《じまん》するものは何《なに》もない。ところがその富士山《ふじさん》は天然自然《てんねんしぜん》に昔《むかし》からあったものなんだから仕方《しかた》がない。我々《われわれ》が拵《こしら》えたものじゃない」と言《い》ってまたにやにや笑《わら》っている。三四郎《さんしろう》は日露戦争以後《にちろせんそういご》こんな人間《にんげん》に出逢《であ》うとは思《おも》いも寄《よ》らなかった。どうも日本人《にほんじん》じゃないような気《き》がする。

「しかしこれからは日本《にほん》もだんだん発展《はってん》する

「我們彼此都是可憐的啊！」「有著這樣的臉孔，而且這樣的衰弱，不管是日俄戰爭戰勝而成了一等國的話也是不行的。雖然我們從建築物看、從庭園看，都和我們的臉孔相稱——你要是初次到東京的話，還沒有看過富士山吧！不久就可看到了，請看吧！那是在日本屬第一有名的東西。除了那個再沒有什麼可驕傲的。可是富士山因爲是自然而然地自古以來就有的，所以沒有辦法。並不是我們製作出來的。」說著又笑了，三四郎沒想到在日俄戰爭以後竟能遇見這樣的人，覺得這個人不是日本人。

「可是，今後日本也將漸漸的發展吧！」三四

でしょう」と弁護《べんご》した。すると、かの男《おとこ》は、すましたもので、

「亡《ほろ》びるね」と言《い》った。――熊本《くまもと》でこんなことを口《くち》に出《だ》せば、すぐ擲《な》ぐられる。わるくすると国賊《こくぞく》取《と》りあつかいにされる。三四郎《さんしろう》は頭《あたま》の中《なか》のどこの隅《すみ》にもこういう思想《しそう》を入《い》れる余裕《よゆう》はないような空気《くうき》の裡《うち》で生長《せいちょう》した。だから㊼ことによると自分《じぶん》の年齢《とし》の若《わか》いのに乗《じょう》じて、他《ひと》を愚弄《ぐろう》するのではなかろうかとも考《かんが》えた。男《おとこ》は例《れい》のごとくにやにや笑《わら》っている。その癖言葉《くせことば》つきはどこまでも落付《おちつ》いている。どうも見当《けんとう》が付《つ》かないから、相手《あいて》になるのを已《や》めて黙《だま》ってしまった。

すると男《おとこ》が、こう言《い》った。

「熊本《くまもと》より東京《とうきょう》は広《ひろ》い。東京《とうきょう》より日本《にほん》は広《ひろ》い。日本《にほん》より……」でちょっと切《き》ったが、三四郎《さんしろう》

郎這樣的辯解了。於是，這個男人裝得很矜重的說：

「要亡國啊！」――在熊本要是說出這種話的話，馬上要挨揍的。要是弄不好的話，被當做賣國賊看待。三四郎是在腦海裏不容許有這種思想存在的空氣中生長的。所以他想，或許他是乘自己年輕，而愚弄人吧！那個男人，如往常地笑著。可是說話的態度是非常的沉着。因爲實在難以預料是什麼人，所以不理他，而默不作聲。於是男人這樣的說：

「東京比熊本廣濶。日本比東京廣濶。……比起日本……」說到這裏，稍微停頓，看看三四郎的臉

の顔《かお》を見《み》ると㊽耳《みみ》を傾《かたむ》けている。

「日本《にほん》より頭《あたま》の中《なか》のほうが広《ひろ》いでしょう」と言《い》った。「囚《とら》われちゃだめだ。いくら日本《にほん》のためを思《おも》ったって㊾贔屓《ひいき》の引倒《ひきだお》しになるばかりだ」

この言葉《ことば》を聞《き》いた時《とき》、三四郎《さんしろう》は真実《しんじつ》に熊本《くまもと》を出《で》たような心持《こころもち》がした。同時《どうじ》に熊本《くまもと》にいた時《とき》の自分《じぶん》は非常《ひじょう》に卑怯《ひきょう》であったと悟《さと》った。

その晩三四郎《ばんさんしろう》は東京《とうきょう》に着《つ》いた。髭《ひげ》の男《おとこ》は分《わか》れる時《とき》まで名前《なまえ》を明《あ》かさなかった。三四郎《さんしろう》は東京《とうきょう》へ着《つ》きさえすれば、このくらいの男《おとこ》は到《いた》るところにいるものと信《しん》じて、別《べつ》に姓名《せいめい》を尋《たず》ねようともしなかった。

（集英社）

孔在傾聽著。

「腦筋比日本廣濶吧！」他說：「被拘束是不行的。不管如何爲日本打算，如果過於庇護反倒使其不前進而已。」

聽到這話時，三四郎覺得好像眞正離開了熊本似的。同時覺悟到在熊本時的自己是非常的懦弱。

那天晚上三四郎到達了東京。有鬍子的男人到分手爲止，沒有把名字說出來，三四郎相信只要到達了東京，像這種的人到處都是，所以也沒有想去問他的姓名。

註釋：

1.うとうと：朦朦朧朧。迷迷糊糊。昏昏沉沉。

2.いつのまにか：不知不覺地。

3. 間際：正要……時候。快要……以前。
4. 頓狂な声を出す：突然發出瘋狂的聲音。
5. 肌を抜ぐ：脫光膀子。赤背。
6. 相乗：同乘（的車或人）。
7. 目につく：顯眼。引人注目。
8. 遠退：遠。遠離。
9. 顔立：容貌。相貌。
10. だだっぴろい：敞的。大的。寬敞的。
11. ゆきあたる：走而碰到。
12. にこり：喜笑貌。嫣然一笑。
13. 蛸薬師：在京都的新京極妙心寺藥師如來堂。
14. 仕送り：滙寄生活補貼。
15. 途切れる：中斷。
16. 呉：在廣島西南部。曾爲軍港。
17. ちゃんちゃん：按期。如期。不拖不欠。
18. わけにはゆかない：不能。
19. 気の毒：可憐。悲慘。
20. 馬鹿気る：顯得愚蠢。糊塗。無聊。
21. 入れ易る：替換。交替。
22. 込み合う：人多。擁擠。
23. どしどし：撲咚撲咚（大的脚步聲）。
24. 鮎：香魚。
25. 頬張る：大口吃。把嘴塞滿。
26. ひょいと：突然。輕輕地。無意中。
27. ふわふわ：輕飄貌。
28. 気が付く：發覺。察覺。
29. 引っ込める：縮入。縮回。抽回。
30. 口を利く：說話。交談。
31. 向き直る：轉過身來。
32. 要領を得ない：不得要領。

33.この分：這樣子。這種情況。
34.生返事：曖昧回答。
35.極りが悪い：不好意思。害羞。
36.まだ宵の口：天剛黑。夜還沒深。
37.不案内の土地：不熟的地方。
38.横町：小巷。
39.思い切って：毅然決然。下決心。斷然。
40.手拭：布毛巾。
41.厄介：麻煩。難對付。
42.そこそこ：草草了事。慌慌張張。
43.仕方がない：沒有辦法。迫不得已。沒有用處。
44.出鱈目：胡亂。胡說八道。
45.埒が明く：事情得到解決。有歸結。
46.敷居：席地而坐時用的蓆子。
47.キャラコ：細薄白棉布。
48.疳性：神經質。
49.敷布：床單。
50.要するに：總而言之。
51.見当が付かない：難以估計。
52.馬の骨：來歷不明的人。不知底細的傢伙。
53.意気地がない：沒有志氣。懦弱。
54.どことなく：總覺得。好像是。
55.下らない：無價值的。無用的。
56.腕組：抱著胳膊。
57.律義：規規矩矩。
58.会釈：點頭。打招呼。
59.拍子を取る：打拍子。
60.礼を言う：道謝。致謝。
61.差し当り：目前。眼前。
62.一部：當時的高等學校一部是法、文科。二部是理、工科。三部是醫科。

63.肩身が狭い：臉上無光。感覺丟臉。

64.熱心に聞く：集中精神聽。

65.生欠伸：沒有完全打出來的呵欠。

66.日本一：在日本屬第一。

67.ことによると：或許。也許。

68.耳を傾ける：傾聽。

69.贔屓の引倒し：過於庇護，反倒使人不上進。過分袒護，反害其人。

夏目漱石

慶応三年（一八六七）～大正五年（一九一六）。英文學者、小說家。本名：金之助。江戶（東京都）人。明治十四年進入「二松學舍」學習漢詩文。明治二十三年進入東京大學英文科，明治二十六年英文科畢業。明治三十三年獲得公費留學英國，在倫敦住了兩年四個月。回國後在東京大學和第一高校當講師。辭去教職後轉入朝日新聞社、專門從事寫作。

夏目漱石是道地的江戶人，所以具有江戶人的洒脫氣質，另外從漢詩和俳句中得來的從容，以及從英國文學學來的幽默。這些特性促使他對自然主義抑鬱的色調感到不滿，因而提倡以從容的態度和悠然的氣氛來觀察人生。這就是他被稱爲「余裕派的作家」的理由。但是到了晚年，他的作風轉變爲以解剖人的心理爲主。在作品中流露出作者嚴格的倫理反省，盼能達到『則天去私』的境地。

主要的作品有　「明暗」（大正五年發表）

「吾輩は猫である」（明治三十八～三十九年發表）　「坊っちゃん」（明治三十九年發表）

「草枕」（明治三十九年發表）　「虞美人草」（明治四十年發表）　「三四郎」（明治四十一年發表）

「それから」（明治四十二年發表）　「門」（明治四十三年發表）　「彼岸過迄」（明治四十五年發表）

「行人」（大正元年發表）　「こころ」（大正三年發表）　「道草」（大正四年）

本書作者簡介——林　榮　一

中國文化大學東語系日文組畢業

日本東洋大學文學碩士

現任：文化大學日文系專任副教授

曾任：輔仁大學日文系兼任副教授

東吳大學日文系兼任副教授

著作：日本近代文學選Ⅰ（中日對照）

日本近代文學選Ⅱ（中日對照）

杜子春（中日對照）

日本人語（中日對照）三菱商事廣報室編

日本語Ⅰ中譯本（東京外國語大學）

日本語Ⅱ中譯本（東京外國語大學）

にほんごのきそⅠ中譯本（日本海外技術者研修協會編）

にほんごのきそⅡ中譯本（日本海外技術者研修協會編）

現代日本事情　譯註

新時代日本語Ⅰ

日語常用諺語、成語、流行語手册

鴻儒堂日華辭典

鴻儒堂袖珍日華辭典

國家圖書館出版品預行編目資料

日本近代文學選I /林榮一編註.--初版.--臺北市：鴻儒堂，民90
面；公分
參考書目：面
ISBN 957-8357- -(平裝)
1.日本文學—

803.16　　90015682

日本近代文學選 I

定價：150 元

1986 年(民 75 年)10 月初版一刷
2001 年(民 90 年)12 月初版三刷
本出版社經行政院新聞局核准登記
登記證字號:局版臺業字 1292 號

編　註　者：林榮一
發　行　人：黃成業
發　行　所：鴻儒堂出版社
地　　　址：台北市中正區開封街一段 19 號 2 樓
電　　　話：23113810・23113823
電話傳真機：23612334
郵 政 劃 撥：01553001
E — mail：hjt903@ms25.hinet.net